COLLECTION SÉRIE NOIRE
Créée par Marcel Duhamel

*Nouveautés du mois*

2092 — LA CHAIR ET LE POGNON
(ROBERT B. PARKER)
*Il fallait pas qu'elle y aille !*

2093 — LE ROI, SA FEMME
ET LE PETIT PRINCE
(MARC VILLARD)
*Sont venus chez moi pour m'écraser la pince.*

2094 — LES TRUANDS DU TEMPLE
(JULIUS A. LION)
*Ne cherchez pas les Miracles,*
*ils arrivent tout seuls !*

2095 — MASSACRES THAÏLANDAIS
(TONY KENRICK)
*C'est moins détendant que les bains turcs.*

JO BARNAIS

# *Mort aux ténors !*

nrf

GALLIMARD

# I

Moi j'y étais, dans la salle.

Alors, je suis bien placé pour vous dire comment ça s'est passé.

Quand je dis : « bien placé », c'est une façon de parler, vu qu'on m'avait refilé un vache de strapontin derrière une colonne...

Je ne sais pas si vous connaissez la salle du Châtelet ? Elle doit dater de la guerre de 70.

Il y a des putains de colonnes au milieu de la salle...

Si vous avez le malheur de tomber sur un de ces fauteuils qui se trouvent derrière, vous êtes obligé d'écarter les cuisses pendant trois heures, de vous tordre le tronc pour bigler le spectacle...

Enfin, je vais pas râler pour la place, vu que j'étais quand même bien content de l'avoir eue...

C'est Bourgade, le chef des chœurs, qui avait pu me la faire obtenir.

Pour la « générale ».

Tu parles si je me gonflais !

C'est pas tellement que j'aime le public de ce genre de soirées, mais j'avais une idée de derrière la tête.

Je me disais que, parmi tous ces caves de journaleux — de soiristes... comme ils disent dans la presse — il y en aurait peut-être un qui citerait mon nom parmi les personnalités présentes.

Ça serait vachement agréable, que je pensais, si demain, dans le *Figaro* ou le *Parisien*, je lisais :

« Remarqué dans la salle... Untel, Untel, Untel et... Jo le Baryton. »

La gueule des copains !

La salle était bourrée.

J'étais arrivé de bonne heure parce que, ces soirs-là, il y a toujours des resquilleurs qui se faufilent et vous grillent votre fauteuil s'ils le voient inoccupé.

C'était la quatrième opérette de Jean-Jacques Brinès. Un spécialiste du succès et de la musique hispano-américaine. On était sûr à l'avance du résultat : UN GROS BOUM.

Et puis, il avait un atout supplémentaire.

La rentrée, après deux ans d'absence, du beau ténor Camille Manola.

C'est vous dire que l'élément féminin dominait dans la salle.

De quoi se marrer, d'ailleurs, car tout le monde sait que Manola est de la pédale.

Mais allez dire ça à une gonzesse ? Elle ne vous croit pas. Elle s'imagine que vous êtes jalmince du beau ténor au sourire Colgate.

Folles qu'elles sont les pépées... !

Au balcon, il y en avait une ribambelle... Des crémières en sortie, parfumées au « Prends-moi ou j'meurs », cinquante balles le flacon, à l'Uniprix.

Et toutes frétillantes.

Elles l'attendaient, le beau Manola. Elles étaient prêtes à hurler leur admiration, à lui jeter les fleurs qu'elles arracheraient de leur corsage.

Je me marrais en douce. Je prévoyais son entrée.

Je prévoyais tout… sauf ce qui est arrivé.

Manola ne faisait son apparition qu'au deuxième tableau.

L'ouverture avait eu son petit succès. Le premier tableau s'était déroulé dans une certaine indifférence. On avait admiré le décor et les costumes. C'est tout.

Tout le monde sait, à l'avance, ce qu'est une opérette de music-hall.

Douze tableaux.

Dix pour emmerder le ténor et l'empêcher d'épouser celle qu'il a remarquée au troisième et qu'il ne s'enverra qu'au douzième…

Après avoir fait le tour de la terre et changé onze fois de costume.

Mais c'est des spectacles pas fatigants. On peut penser à autre chose.

C'est ce que je faisais parce que, moi, Jo le Baryton, je connais la musique.

Je m'en suis tapé, de ces conneries-là, pendant des années. A Paris… Et en tournée… Ah là là ! j'en ai la colique quand j'y pense.

Le premier tableau venait de se terminer et l'orchestre reprenait un motif entraînant pendant que le comique passait devant le taps d'avant-scène en gambillant et en faisant le clown. Personne rigolait… C'était lugubre… On attendait le ténor…

Et puis, tout à coup, le rideau se releva…

Un décor antillais du tonnerre…

Avec un escalier immense devant un palais…

Je ne sais pas où l'auteur avait vu un truc comme ça aux Antilles, mais qu'importe, c'était du chouette…

Je devinais le coup…

Manola allait descendre l'escalier dans un bel uniforme d'officier de marine… C'était couru…

Je m'étais pas gouré.

Déjà les boys et les danseuses faisaient la haie en chantant un chœur tonitruant et en tortillant des gambettes…

Les trompettes et les trombones gueulaient tout ce qu'ils pouvaient.

Dans la salle, les mômes frétillaient du slip.

… Et ce fut l'entrée de Manola…

Il resta un instant sur le haut du praticable avant de descendre.

Les acclamations montaient jusque dans les cintres. Ça crépitait, ça hurlait, ça vociférait.

Lui, toujours aussi beau et aussi con, souriait béatement jusqu'aux oreilles.

Il avait dû aller se faire faire un grattage des chocottes la veille ou l'avant-veille.

Dans les premiers rangs de balcon, une vieille tapée lui envoyait des baisers…

Enfin, il se décida à descendre.

Une marche, deux marches, trois marches…

C'est alors que le drame se produisit.

Rapidos.

On le vit s'arrêter net, son regard se figea subitement. Il ouvrit la bouche, étendit les bras, cracha un flot de sang et dégringola les quinze ou vingt marches, la tête en avant.

Ce fut une stupeur dans la salle et sur la scène..

On ne comprenait rien. Que s'était-il passé ? Un malaise de l'artiste ? Non, ce n'était pas ça.

Une drôle d'histoire.

Il venait de recevoir une balle de 22 mm dans la carotide...

Mais, ça, on l'a su qu'après.

## II

Pendant un moment, je n'ai pas regretté mon strapontin derrière la colonne.

J'étais dans le fond de la salle. Un des premiers à sortir.

Parce que je prévoyais une fameuse pagaïe tout à l'heure.

J'avais mon plan...

Dans la salle et sur le plateau, il y avait une sorte de stupeur et de panique.

L'orchestre s'était tu. Les musiciens, tous debout, essayaient de regarder par-dessus la rampe.

Dans la salle, les poupées pleuraient... chialaient plutôt, avec des cris apitoyés :

— Mais qu'est-ce qu'il a eu... ?

— C'est effroyable...

— Une hémorragie... ?

Et un tas de conneries comme il s'en dit dans ces cas-là.

Sur la scène, des machinistes s'étaient précipités. Les girls, qui étaient au premier rang pour accueillir le beau Manola, essuyaient leur pagne éclaboussé de sang, les boys couraient à droite, à gauche, s'interrogeaient. La première chanteuse ouvrait la bouche comme une grenouille. Bref, tout le monde était dans le cirage.

Puis, tout à coup, sur un ordre venu des coulisses, le rideau fut baissé.

Un monsieur grisonnant, tout ému, vint faire une annonce. C'était l'administrateur.

— Mesdames, messieurs, qu'il dit, notre grande et sympathique vedette vient d'être prise d'un grave malaise dont nous ignorons la cause. Nous nous voyons dans l'obligation de remettre notre première à plus tard. Gardez vos coupons. Vous serez informés, par les journaux, de la date à laquelle nous pourrons reprendre nos représentations.

Il ajouta :

— Je prie le médecin de service qui est dans la salle de bien vouloir venir de toute urgence à la régie... Merci.

Là-dessus, des clameurs, un brouhaha indescriptible... mais déjà, j'avais enjambé les fauteuils et j'étais près de la porte.

J'avais fait si vite que des spectateurs ont dû croire que c'était moi le toubib... Marrant !

En trois minutes, j'étais dehors.

De ma nature, je suis curieux comme une vieille gonzesse.

Je m'étais dit : « Je vais aller faire un tour du côté des coulisses, pour savoir ce qui en retourne. »

Oh ! c'est pas que le Manola m'intéressait.

Les cabots, moi, je les mets tous dans le même sac. Vedettes ou crabes, tous des fumiers.

Qui ne pensent qu'à se tirer dans les pattes tout en se faisant des sourires et des amabilités.

Qui se tutoient, qui s'appellent par leurs petits noms : André, Marcel, Jojo... etc., et qui pensent tout bas : « S'il pouvait bientôt crever que je prenne sa place ! »

Je les connais, mes « frères artistes » !

Cependant, ce soir-là, je voulais savoir ce qui était arrivé au beau Camille Manola. Ne serait-ce que pour être un des premiers informés et pouvoir prendre un air important, le lendemain, quand les commerçants de mon quartier me demanderaient :

— Alors, qu'est-ce qui s'est passé ?

Sur la place du Châtelet, j'ai pris un bon coup d'air frais parce que, tout de même, j'avais reçu le choc, comme tout le monde.

Après avoir contourné l'avenue Victoria, je me suis présenté à l'entrée des artistes, rue Edouard-Colonne. Je pensais pénétrer sur le plateau sans difficulté. Va te faire foutre ! Le cloporte était devant la porte avec un agent et empêchait les gens d'entrer.

Un coup de pot : mon ami Bourgade apparut.

Il venait de la salle où il avait été voir manœuvrer ses choristes. Il semblait drôlement ému, ce brave Bourgade.

Je voudrais entrer, que je lui dis.

— Suis-moi, qu'il m'a répondu, laconique.

C'est comme ça que j'ai pu arriver jusqu'à la régie.

Le docteur était déjà là.

Manola était étendu sur un divan.

Toute la troupe bourdonnait sur le plateau, contenue par le régisseur qui, bien poliment, criait aux figurantes :

— Fermez vos gueules, bande de salopes !

On ne savait toujours pas ce qui s'était passé.

Tous les chefs de service étaient réunis : chef

d'orchestre, administrateur, secrétaire général, chef des chœurs, maître de ballet...

Soudain, un silence s'établit. Comme si les gens pressentaient qu'il allait se dire quelque chose de terrible, de définitif...

Effectivement, le toubib regarda l'administrateur d'un œil froid et énonça simplement :

— Il est mort. Il a été tué d'une balle de revolver tirée à quelques mètres. La balle lui a tranché la carotide.

Ce fut de la stupeur.

Quoi ? Tué ? Par une balle de revolver ? Mais qui avait tiré ? Et d'où ? De la scène ? De la salle ? Et qui ? Qui ?

Alors là, j'avoue que je n'ai pas pigé du premier coup. J'avais cru, comme tout le monde, que le beau ténor avait eu une hémorragie subite, qu'il s'en allait de la caisse, peut-être, et qu'il cachait sa maladie... Ou qu'il avait eu une corde vocale qui avait claqué... mais, à aucun moment, je n'avais pensé à un assassinat.

Cependant, le docteur disait :

— Il faut informer la police de toute urgence, ne rien toucher, le laisser tel qu'il est. Le médecin légiste, seul, pourra dire de quelle direction est venu le coup de feu, et de quelle distance à peu près.

Dans la troupe, ce fut une consternation générale. Pas tellement à cause de ce que Manola était sympa, mais parce que chacun avait réalisé subitement qu'il n'avait pas encore de doublure, qu'il faudrait trouver une autre grande vedette pour prendre le rôle, que les ténors à succès se comptaient sur les doigts d'une main et qu'il faudrait au moins un mois avant de reprendre le spectacle... Un mois de relâche... ! pas payé ! Cas de force majeure !

Ils l'avaient à la caille, les pauvres cabots. Ils lançaient un regard mauvais du côté du cadavre...

Pour un peu, ils l'auraient engueulé : « T'as pas honte de nous faire une vacherie pareille ? »

J'en savais assez, j'ai fait demi-tour. J'avais de quoi alimenter la conversation chez Lipp où j'avais l'intention d'aller me taper une choucroute.

J'étais sûr d'y rencontrer quelques noms connus et de faire mon petit effet.

J'allais sortir. J'étais déjà dans le couloir lorsqu'on me frappa sur l'épaule.

Je me retournai et j'aperçus Lambert qui me dit, avec un sourire narquois :

— Pas si vite, petite tête de baryton... Attends-moi, nous allons faire un brin de chemin ensemble...

Lambert est un des as de la maison Poulaga. Brigade Criminelle.

Je l'ai connu il y a trois ans. Rien du poulet traditionnel. Non. Plutôt le genre bon enfant. Mais faut pas s'y fier.

— Déjà au travail ? que je lui ai fait en rigolant.

— Oui, qu'il me répond. J'ai l'impression que c'est une affaire qu'on va me confier... Et j'aurai besoin de tes services, Jo le Baryton...

— Doucement, que je lui dis, je ne suis pas un indic. Et je ne suis pas de la P.J. A chacun son métier, les maquereaux seront bien pêchés.

— D'accord, qu'il insiste, air mi-figue, mi-raisin, mais tu étais dans la salle, mon petit Jo ? Tu connais peut-être bien le criminel ? Tu l'as peut-être vu ? Qui sait si, même, ce ne serait pas toi qui aurais voulu te débarrasser d'un collègue ? Tu m'as semblé bien pressé de venir voir le cadavre.

Merde alors... Qu'est-ce qu'il allait imaginer là ! J'ai senti une sueur froide me perler aux tempes. Je prévoyais déjà l'erreur judiciaire.

— Fais pas le con, que je lui ai dit. On pourrait te croire.

Là-dessus, il s'est fendu la pipe, il m'a pris par le bras et il m'a dit :

— Rassure-toi, Jo, ne fais pas dans ton froc, reprends ton sourire et viens vider un pot. Seulement, dis-toi bien que tu vas m'aider parce que, toi, tu en connais un bout dans le milieu des cabots. Tu vas m'aider parce que tu es un copain. Tu vas m'aider parce que ce n'est jamais déshonorant de faire arrêter un assassin... et puis, tu vas m'aider parce que, si tu t'y refuses, je suis capable de te faire soupçonner, rien que pour le plaisir de t'envoyer en taule un petit bout de temps...

Il aurait été capable de tenir parole, cette peau de vache.

Alors, j'ai dit :

— D'ac...

## III

Lambert, je l'ai connu d'une drôle de façon.

De mon vrai nom, je m'appelle Joseph Beauharnais, mais, à part le percepteur, personne ne connaît mon blase. J'ai pris comme pseudonyme : Jo Barnais.

Ça fait bien sur les affiches.

Beauharnais ! Il y en a qui se seraient imaginé que j'étais l'arrière-petit-fils naturel de Napoléon !

Sans compter les chansonniers qui m'auraient drôlement mis en boîte, parce que, ces gnards-là, ils n'ont de l'esprit qu'à condition d'avoir une bonne tête de Turc !

Quand je passais en vedette à l'A.B.C., s'ils avaient su comment je m'appelais, ils auraient eu de quoi alimenter leur répertoire pendant une saison.

Il y a cinq ans, environ, je chantais dans un grand cinéma de banlieue. A Nogent-sur-Marne.

Pendant la représentation, on m'a fauché mon portefeuille. Oh ! y avait pas une fortune dedans. Pas fou... Je me méfie toujours.

Il y en a tellement qui la sautent dans cette profession...

Mais, s'y trouvaient tous mes papiers : carte d'identité, carte d'électeur, carte professionnelle...

Je l'avais sec…

Quelle était la solution ? Après la matinée, je suis allé faire ma déclaration au commissariat.

Les poulets ont autre chose à faire qu'à rechercher un petit voleur de portefeuille. Ils ont déjà du mal à retrouver les gangsters qui fauchent des millions de bijoux ou de billets.

Quand même, j'ai cru au père Noël pendant cinq minutes. Le scribe m'a demandé mon identité, quelques précisions sur mes soupçons, il m'a fait signer une grande feuille… et puis, au revoir, je n'ai plus entendu parler de rien.

Il y a trois ans, alors que je donnais mon tour de chant dans un cinéma de la rue Oberkampf, je vois entrer dans ma loge un gros gars à la face réjouie qui avait demandé après moi. C'était Lambert.

Moi, je le connaissais pas.

— Bonjour Beauharnais, qu'il me fait.

Jamais on m'appelle par mon vrai nom. Je l'ai regardé attentivement, me demandant qu'est-ce que c'était que ce mec-là.

Là-dessus, il a eu le geste traditionnel du policier. Il a retourné le revers de son veston, m'a fait voir son insigne et m'a dit froidement :

— P.J.

Je ne comprenais toujours pas.

Le Lambert en question ne laissa pas refroidir la conversation :

— Alors, Beauharnais, qu'il me fait, aussi sec, c'est comme ça qu'on s'amuse à cambrioler les villas du Havre ?

Je devais avoir l'air patate en le regardant, car le voilà qui s'esclaffe, me tape sur le bide, et me dit :

— Je vous rapporte votre portefeuille, mon petit gars...

Effectivement, il me tend mon bien.

J'ouvrais la bouche pour le remercier et lui demander des explications. Il ne m'en donna pas le temps.

— Mon petit vieux, qu'il me dit, vous avez bougrement bien fait de faire votre déclaration quand on vous l'a fauché. Votre porte-talbins a été retrouvé dans une pièce d'une belle villa du Havre qui venait d'être visitée par une bande d'aigrefins. Tout de suite on a recherché aux sommiers. Pas plus de Beauharnais que de beurre au chose. Mais on est verjos à la P.J. Un copain se rappelait votre plainte. Il était au commissariat lorsque vous vous y êtes rendu et le nom l'avait frappé. Lui aussi avait cru à une entourloupette de la belle Joséphine ! Bref, on a retrouvé le dossier. Au Rex, le grand cinéma du Havre, il y avait un machino du nom de Brouillot, qu'on surveillait depuis quelque temps. Il avait travaillé, précisément, il y a cinq ans, dans le cinéma de Nogent où on vous avait fauché votre portefeuille. Comme on l'avait à l'œil pour un vol de soieries... on a été le cueillir doucement à la sortie du spectacle. On l'a fait avouer, grâce à des procédés maison, et on a eu, par lui, la liste complète de ses complices. Bien entendu, il a fauché votre fric, mais les papiers sont toujours là. Il devait s'en servir pour se faire livrer ou pour acheter de la came volée. Voilà toute l'histoire, mon petit gars.

Il ajouta :

— Ça vaut bien un pastaga ?

Tu parles... J'étais réjoui...

A la sortie, je l'ai retrouvé et on a été s'en jeter un

derrière la cravate. Le soir, il est revenu pour voir le film et, surtout (c'est lui qui me l'a dit), pour entendre mon tour de chant.

Paraît que je lui plaisais beaucoup.

Il est vrai que j'avais un répertoire du tonnerre.

Des tangos langoureux, une mélodie, une valse gaie et pour finir *Jalousie,* qui est un de mes gros succès.

En bis, deux chansons 1900 : *la Valse des Bas noirs,* qui plaît toujours, et *les Bœufs* où je peux faire valoir ma voix.

Entre nous, je me marre intérieurement quand j'entonne :

*J'ai deux grands bœufs dans mon étable...*
*Deux grands bœufs blancs marqués de roux...*

Parce que, il faut bien le dire, je n'ai rien du bouzeux avec mon smoking dernier cri qui vient de chez Barclay.

Mais le public ne voit pas tout ça.

Il préfère encore ces bonnes vieilles chansons de la Belle Epoque, à la plupart des élucubrations pseudo-littéraires qu'on lui sort aujourd'hui et où il n'entrave que pouic.

Donc, le soir, Lambert est revenu.

On a été prendre un demi à la fin du spectacle... Et puis, on s'est revus...

Il m'avait pris à la chouette...

Petit à petit, on s'est tutoyé. Il m'a raconté quelques-unes de ses missions. Moi, je lui ai parlé métier. Il aimait ça. Il avait un faible pour la goualante.

Il me disait toujours : « Quand j'aurai un dur à

arrêter, je t'emmènerai pour que tu voies comment ça se passe... »

Pas bon, Jo le Baryton ! J'ai toujours refusé. Des fois qu'il y ait un pruneau qui se trompe de bide.

C'est pas que j'aie la pétoche, mais c'est pas mon boulot.

Et voilà que ce sacré Lambert voulait me faire participer à l'enquête sur la mort de Manola !

J'étais bien décidé à ne pas me mouiller...

## IV

Ce que j'aimais, dans Lambert, c'était son allant, son goût du risque, sa rapidité, ses inspirations.

Quarante-huit heures après la mort tragique du beau ténor, il me passait un coup de fil, à huit heures du matin, pour me donner rendez-vous à dix, au Pied de Cochon, aux Halles.

Le rancart était bon.

Dans le faubourg Saint-Martin, on se serait vite fait repérer. Quoique à dix heures du matin, les crabes roupillent encore. Ils font ce métier-là surtout pour se lever tard.

Et même quand ils ne se produisent pas, ils n'aiment pas se lever avant midi. Des feignards, mes confrères...

Tout de même, il aurait suffi qu'il y en ait un qui soit chez Batifol, au Louis XVI ou au Globe pour que tout Cabotinville sache que Jo le Baryton avait été vu avec deux mecs qui sentaient le roussi...

Oui, je dis bien : deux, parce que Lambert m'avait affranchi qu'il amènerait son collègue, un dénommé Chadal...

Que c'était un second lui-même et que je pouvais me confier à l'un ou à l'autre avec la même franchise.

Bon.

A dix heures, pile, j'étais au Pied de Cochon.

Mes deux poulotins également. Vraiment ils n'avaient pas l'air d'être de la boîte. Correctement fringués, sans plus, ils donnaient l'impression d'être deux employés de bureau.

On s'est installés, seuls, à une table, près de la porte.

A cette heure-là, la maison était calme. Quelques forts de la Halle, des débardeurs de barbaque, avec leurs tabliers sanguinolents, deux ou trois tapins, déjà à l'affût d'un client, c'est tout.

On serait peinards.

Tout ce monde-là parlait du crime du Châtelet.

Les journaux avaient titré leur première page avec cette sensationnelle et mystérieuse affaire.

La chute du gouvernement, un tremblement de terre ou une catastrophe ferroviaire n'auraient pas eu plus de publicité que celle faite par nos grands quotidiens au ténor Manola.

Les serveuses, le patron, les clients donnaient leur opinion.

Inutile de dire qu'ils débloquaient à plein tube. Selon ce que chacun avait lu sur son grand menteur, il en faisait sa thèse personnelle.

Vengeance de femme, disait l'un... (Tu parles !) Manola était-il de l'Intelligence Service ? insinuait l'autre. (Pauvre mec, lui qui savait à peine signer son nom ! Ils auraient été salement handicapés, à l'Intelligence Service, s'ils avaient eu un agent comme ça !) Règlement de comptes, prétendait un troisième...

Enfin, tout ce que peuvent dire des scribouillards qui nagent complètement et attendent une indication de la police pour présenter une thèse à peu près correcte.

Le portrait de Manola s'étalait en première page. Une publicité du tonnerre, que je pensais... Si le pauvre gars revenait, il pourrait faire doubler ses appointements.

En douce, un des tapins qui dégustait son crème embrassait la photo du beau ténor et soupirait à une collègue :

— Ah ! celui-là, s'il avait voulu ! le grand jeu, que j'y aurais fait et à l'œil...

Lambert, Chadal et moi on écoutait tout ça sans en avoir l'air... On prenait la température de la connerie humaine.

Après les présentations, Lambert a tout de suite attaqué :

— Jo, qu'il m'a dit, t'es pas un cave. On peut te parler, on sait que tu seras discret et que tu garderas pour toi ce qu'on va te confier.

Je fis un geste pour le remercier de sa confiance. Tout de suite, il enchaîna, sarcastique :

— D'ailleurs, si tu éprouvais le besoin de raconter quoi que ce soit de ce qu'on va te dire, tu ne pourrais pas recommencer deux fois... Nous, on n'aime pas les bavards ni les imbéciles.

— Tu vois comme t'es, que je lui réponds... Le coup de la douche écossaise. Un hommage à ma discrétion et aussitôt après, une menace idiote...

Il se mit à rire.

— C'est ma manière.

Chadal approuva :

— C'est une peau d'hareng, le Lambert... Il se méfie de tout le monde... Un inquiet, quoi !

— Et mon cul, il est inquiet ? rétorqua Lambert.

Après ces préliminaires très Régence, il daigna entrer dans le vif du sujet.

— Donc, baryton de mon cœur, on a déjà fait du bon travail. On ne va pas te demander de te faire tuer pour nous. Seulement tu ne peux pas refuser à ton vieux copain Lambert quelques renseignements que, par ailleurs, tu serais obligé de fournir au juge d'instruction, s'il lui prenait la fantaisie de te convoquer.

» Voilà où nous en sommes : le Manola est à l'Institut médico-légal. En pièces détachées. Il est pas beau à voir... Les pépées, qui s'en ressentaient pour sa pomme, si elles le voyaient ! Viscères en bon état et sans trace de poison.

» Le docteur Paul est un fortiche et un rapide... J'aime ça... Il a été formel. Balle de 22 mm tirée à dix-huit ou vingt mètres sur la gauche du bonhomme. Trajectoire pas tout à fait horizontale mais inclinée de haut en bas, ce qui ferait supposer que l'assassin était au balcon à droite quand on regarde la scène. De deux choses l'une, ou c'est un tireur émérite, ou il a visé la caisse et le hasard lui a fait toucher la carotide. Le gars avait un silencieux. Ce qui explique qu'on n'ait rien entendu, puisque le coup est parti en même temps que montaient les clameurs et les applaudissements. Affaire préméditée et bien étudiée, pas de doute... Voilà pour ce qui s'est passé... Dois-je te demander si tu as vu quelqu'un de connu, ou du monde artistique, au balcon à droite ?

— J'ai vu des gonzesses. C'est tout... A dire vrai, j'ai jeté un coup d'œil superficiel. J'essayais surtout de repérer les courriéristes, because que je pensais me faire signaler dans leurs papiers et que j'avais mijoté d'aller me foutre dans leurs pattes à l'entracte, sans avoir l'air d'y toucher...

— Pauvre cloche ! qu'il me dit en rigolant. Tu en es encore là ? Tu crois que les directeurs vont te faire des ponts d'or parce que tu auras été vu à une « générale » et que ton nom aura été cité dans un compte rendu ? Tu me fais pitié, Jo le Baryton, mais t'es incurable et ce que je te dis et puis rien, c'est kif. T'es pourri...

Il continua, pendant que Chadal se marrait et se rinçait les amygdales avec son pastaga.

— Bien entendu, on a tout de suite pensé au crime passionnel. Mais voilà, le Manola était de la pédale. Alors, il faut chercher dans le monde de la jaquette qui flotte. C'est assez duraille. Il y a une sorte de franc-maçonnerie chez les tantes. Ils se soutiennent entre eux. Ils ne se donnent pas... Rappelle-toi. On a jamais retrouvé les assassins de Dufrenne ? de Leplée ? de Lyjo ? Pourtant, c'est pas les lettres anonymes, c'est pas les soupçons qui ont manqué. Mais dès qu'on croyait avoir mis la main sur le coupable... Un voile ! Alors, pour le Manola, ce sera pas facile. Qu'importe ! Si on se grouille, on peut avoir un résultat avant que des instructions supérieures nous obligent à patauger ou à laisser tomber...

Il attaqua tout de go :

— Tu connaissais sa vie intime, au Manola ?

— Excuse, que je lui répliquai en rigolant, à mon tour, mais moi je suis de la race des bourdons. J'aime les filles. Je n'ai jamais travaillé avec ce gars-là... Je savais de lui ce que tout le monde disait tout bas. Pour le reste, je me suis jamais inquiété de ses fréquentations.

— Bon, qu'il dit. On a fait une première enquête. Il a un secrétaire intime... tout à fait intime ! depuis cinq ans. Pas question de s'orienter de ce côté. Le secrétaire était dans sa loge, avec l'habilleuse, au moment du crime. Jalmince, toutefois, le secrétaire. Il n'aimait pas que son Manola se paie des petits extras de temps en temps... et le beau Camille ne s'en privait pas, surtout lorsqu'il était en représentations en province ou à l'étranger. Les petits chasseurs d'hôtel ou de restaurants avaient sa préférence. Sans compter les à-côtés. A Barcelone, d'où il arrivait, avant ses répétitions au Châtelet, il a eu une liaison assez poussée avec un artiste qui faisait un numéro de cabaret, un nommé Pedro Gominez, encore un qui en est, un fanatique, un emballé, il paraît... Tu connais ?

— Je cherche, que j'ai répondu.

Ce nom-là me disait quelque chose. J'ai travaillé avec tellement d'attractions que je m'y perds...

Et soudain, j'ai eu un éclair. J'ai dû pâlir...

— Nom de Dieu ! que j'ai crié.

Lambert et Chadal m'ont regardé avec un air narquois et un sourire amusé.

— Tu vois que tu peux nous être utile, a dit Lambert.

— Ne garde pas ce que tu as dans le crâne, a renchéri Chadal, ça te ferait mal à la tronche.

— Pedro Gominez ? Je pense bien que je le connais, numéro de cow-boy. Il travaille avec une femme. Il la fait se poser contre une planche, les bras en croix, et puis il entoure tout son corps de couteaux acérés qu'il lance à dix mètres... sans l'égratigner. Il éteint une bougie d'un coup de revolver, et pour finir, d'une balle de son pistolet, il lui fait sauter une cigarette qu'elle tient entre les lèvres. Faudrait pas qu'il se trompe d'un quart de millimètre...

— Belle attraction, qu'il a dit, Lambert, sans avoir l'air d'y toucher.

Chadal a hoché la tête et a fait un sourire entendu.

Moi aussi j'avais compris.

Au bout d'un instant, Lambert a repris :

— Au régiment, on appelle ça des tireurs d'élite. Un gars comme ça pourrait vous trancher la carotide à vingt mètres !

Il a appelé la serveuse :

— Vous nous remettrez ça.

Puis il m'a envoyé une bourrade entre les deux épaules :

— Jo, t'es un technicien... et on a toujours intérêt à travailler avec des techniciens.

# V

Manola était un drôle de type.

Pour toute famille, il lui restait un frère. C'est tout.

Il avait perdu sa mère depuis trois ans et, il faut bien le dire, jusqu'à cette date fatidique, il avait donné des démonstrations d'un amour très profond pour cette vieille et honorable femme.

Il est à remarquer que les tapettes adorent toujours leur maman. Hommage inconscient qu'ils rendent à la femme... A la femme que, par ailleurs, ils semblent mépriser, ce qui est à l'inverse de toute logique, parce que... enfin... s'il n'y avait que des gars comme eux, la race des mères aurait bientôt fait de disparaître.

Son frangin, il ne pouvait guère s'entendre avec lui.

Pas du tout le même genre, les deux frères.

Antoine, c'était son prénom, avait plutôt un faible pour les filles. Ce qui fait que Camille le regardait avec commisération et avait tendance à le considérer comme un anormal !

Depuis cinq ans, Camille Manola avait un secrétaire. Un beau brun. Margellin qu'il s'appelait. Il s'était improvisé le manager du ténor. Drôle de manager ! Bien sûr, il traitait, pour lui, les conditions de ses contrats, mais il devait en discuter les modalités la nuit, car il partageait la même chambre que le beau Camille.

Quant au frère, il avait cessé toutes relations avec lui depuis l'introduction de Margellin dans son intimité.

Pas fou, le secrétaire.

Fort de son emprise sur Manola, il le conseillait également dans la gestion de sa fortune.

C'est qu'il gagnait du fric, le ténor ! Des contrats à cinquante sacs par jour, pour les affaires suivies de trois mois minimum, et de deux cents billets pour un gala.

Il avait un beau compte en banque. Sans compter une jolie propriété dans le Var... et puis, quelques lingots bien planqués... Un rien !

A la mort de sa mère, Margellin lui avait conseillé de refaire son testament.

Comme de bien entendu, le frangibus avait été éliminé de la course au trésor au profit du secrétaire dévoué et câlin.

Ce dernier veillait au grain et surveillait son « petit ami ». Il l'accompagnait toujours, ou presque toujours, lors de ses déplacements.

Il avait peur qu'un plus fortiche et plus tendre que lui ne lui ravisse le cœur et le fric de son poulain.

Pourtant, lors de l'engagement de Manola à Barcelone, il avait été retenu à Paris par la grave maladie de son père et il avait dû, la mort dans l'âme, laisser son ténorino chéri partir seul pendant quatorze jours.

Manola avait profité de cette liberté passagère

pour nouer des relations amicales, intimes, et tout et tout, avec Pedro Gominez.

Pas folles, les guêpes ! Elles savent faire marcher la passion et l'intérêt.

Pedro Gominez avait tout fait pour essayer de supplanter le secrétaire attitré.

Au retour à Paris de la grande vedette du *bel canto,* il y avait eu une explication plutôt orageuse.

L'assassinat du ténor était-il la conclusion tragique de ce différend ?

En douce, ils étaient bien rencardés les poulets, car ces explications, ces détails, m'étaient fournis par Chadal tandis que Lambert gambergeait.

Oh ! pas longtemps.

Lambert est l'homme des décisions rapides.

Il a demandé un jeton de téléphone, m'a fait signe de le suivre dans la cabine, a compulsé l'annuaire, a fait un numéro et m'a tendu l'autre récepteur.

Une chouette conversation que j'ai entendue. Instructive pour un artiste.

Lambert a pris la voix pincée d'un homme d'affaires. Plus du tout l'accent faubourien.

— Allô ! Le Bureau paritaire du spectacle ?

— Oui, monsieur.

— Ici, maître Lambertin, président du Comité des fêtes votives de la région avignonnaise.

— Enchanté, maître... Qu'est-ce qu'on peut faire pour vous rendre service ?

Ces gars du bureau paritaire, ils s'expriment comme des minables.

— Chargé par mon comité, qu'il a continué mon Lambert, d'organiser une série de galas dans notre région, j'aimerais pouvoir faire figurer dans nos programmes une attraction dont on nous a dit le plus grand bien. Il s'agit d'un numéro de cow-boy, un numéro de tir et d'adresse dont le nom, je crois, est Pedro Gomez ou Gominez... J'aimerais savoir s'il est libre, ou s'il peut se rendre libre et, si oui, quelles seraient ses conditions...

— Ah ! bon... bon... très bien, monsieur, qu'il répondait l'autre cloche au bout du fil... Ne quittez pas. Nous allons voir si nous pouvons vous donner satisfaction.

Moi, j'ai levé les yeux au ciel et j'ai regardé Lambert avec pitié.

Etonné, il a mis la main sur le récepteur et m'a dit tout bas :

— Qu'est-ce qu'il y a ?

— C'est pas là qu'il fallait t'adresser...

Cependant l'autre ballot répondait :

— Monsieur, nous sommes au regret, mais Pedro. Go... Go... Gominez n'est pas libre pour l'instant. Nous pourrions à la place vous procurer un excellent numéro de jongleurs comiques.

Alors, Lambert a repris sa voix normale et a gueulé :

— Bande de cons... Quand je demande un plombier, je n'ai pas besoin d'un menuisier...

Il a raccroché aussi sec.

Puis, il s'est tourné vers moi :

— Quoi ? Le Bureau paritaire, c'est tout de même bien votre agence officielle de placement gratuit ?

— Evidemment. Mais ce sont des fonctionnaires qui tiennent les emplois... Presque toujours des vieux cabots qui n'ont pas réussi. Ils ont une petite liste de copains qui partagent leurs opinions et lorsque, par hasard — oh ! c'est pas souvent — un organisateur leur demande un numéro, ils essaient de refiler un pote à eux à la place de l'artiste qui leur est réclamé.

— Alors, qu'il a dit Lambert, où dois-je m'adresser, à ton avis ?

— A une agence sérieuse. Il y en a quand même quelques-unes, quoiqu'elles usent presque toutes du même procédé. Faire travailler, d'abord, les poulains qu'elles ont en exclusivité ou les artistes qui leur refilent les plus gros honoraires.

Là-dessus, je lui ai passé l'adresse de l'Agence Grandet, aux Champs-Elysées.

C'est une secrétaire qu'il a eue au bout du fil.

Il a refait le même boniment.

Toutefois, la gosse ne s'est pas laissé intimider.

— Maître, nous n'avons pas l'habitude de traiter des affaires semblables au téléphone. Il serait préférable que vous veniez voir M. Grandet à son bureau. Si vous voulez me donner vos heures, je vais essayer de prendre un rendez-vous qui concorde avec vos disponibilités.

— Je suis navré, qu'il a dit, en jouant toujours à l'homme du monde, mais je prends le train dans la soirée et je n'ai pas un instant à moi. Je voudrais que vous puissiez me dire, simplement, si Pedro Gominez est libre. Je sais qu'il était à Barcelone il y a un mois. C'est un de mes confrères qui m'a signalé son numéro et sa présence au Plazza.

Un peu ébranlée par ces précisions, la secrétaire a répondu :

— Ne quittez pas. Je vais consulter nos fiches.

Puis il s'est passé un bout de temps. On l'entendait remuer des feuillets, elle marmottait, au fur et à mesure de ses recherches : Gobin, Godart, Goffler et Sonia, Goguet, Goldmann le ventriloque, Gominez... Ah voilà... ! Gominez Pedro, La Celle-Saint-Cloud. Plazza Barcelone jusqu'au 28. Libre sept jours. Débuts au Continental de Stockholm le 5.

Elle a repris tout haut :

— Maître, je ne pense pas que nous puissions vous donner satisfaction en ce qui concerne le numéro de Pedro Gominez. Je vois sur sa fiche qu'il a fini, effectivement, son engagement à Barcelone il y a cinq jours, mais il doit débuter après-demain à Stockholm. Nous sommes à votre disposition pour tout autre numéro susceptible de vous intéresser.

La voix de la petite secrétaire était ravissante. D'ailleurs, je la connaissais, la gosse. Une môme drôlement bien roulée à laquelle j'essayais de mettre la main au valseur chaque fois que j'allais à l'agence. Mais en vain. Elle me trouvait grossier... Si on peut dire... !

Lambert a dépouillé son habit d'homme du monde et lui a répondu de sa voix gouailleuse de poulet :

— Le numéro qui m'intéresserait ? C'est toi, ma poupée, parce que tu dois avoir une belle paire de fesses.

La gosse a fait : « Oh ! » et a raccroché, furieuse.

Lambert était content. Il avait le renseignement qu'il désirait.

— Jo, qu'il m'a dit, plus ça va, plus je suis heureux de t'avoir engagé dans ma brigade. D'autant plus que tu peux te l'accrocher pour passer à la caisse. C'est du travail gratuit. N'importe, tu auras bonne conscience d'avoir contribué, par ta noble conduite, à la découverte d'un misérable coquin qui a osé s'attaquer aux plus hautes personnalités du music-hall dont tu n'es, toi pauvre limace, qu'un représentant miteux et ignoré.

La vache ! Il croyait me vexer.

Il m'a fait marrer, c'est tout.

J'ai pris le même ton que lui pour lui répliquer :

— Lambert, triste poulet de troisième zone, je suis obligé de constater que, sans le secours d'un homme renseigné sur le milieu artistique comme Jo le Baryton, que vous aimez mettre en boîte, vous en seriez encore à patauger dans la boue des suppositions et dans la vase des contradictions. Votre pèze, poulet de mes deux, vous pouvez vous le mettre quelque part. Je ne suis pas à vendre et je n'accepte rien de vous.

C'est Chadal qui m'a répondu :

— Très bien envoyé. Tu n'as plus qu'à payer les consommations.

# VI

Le lendemain matin, j'ai fait la grasse matinée. Les émotions, sans doute, qui m'avaient mis à plat.

A dix heures, j'ai entrouvert ma porte et j'ai trouvé, sur mon paillasson, les journaux et mes deux croissants.

Mon honorable pipelette me monte cela tous les matins moyennant une honnête rétribution à chaque trimestre.

Je l'aime, mon petit studio de la rue de l'Etoile. Je peux me trouver, en moins de deux, dans les grandes agences des Champs-Elysées, au Fouquet's, où parfois un metteur en scène, un cinéaste, veulent bien me confier un rôle dans lequel je peux faire valoir le velouté de ma voix !

C'est simple, chez moi. Une grande pièce et une salle de bains.

J'ai décoré les murs avec des photos sensationnelles. Des filles du tonnerre, presque à poil.

Des mannequins, des naturistes, de chez Eve. Des danseuses du Lido...

C'est un impresario spécialisé dans les cabarets qui me les a refilées.

Sur presque toutes, je me suis fait, moi-même, des dédicaces sensas.

*A mon Jo aimé, pour notre merveilleuse nuictée d'amour.*

*Pour toi, mon Jo, qui m'as révélé la volupté.*

*Avant toi, Jo, je n'avais jamais frissonné.*

*T'es pas un homme, Jo, t'es un taureau.*

Et un tas de bobards plus avantageux les uns que les autres.

J'ai signé tout cela de Mado, Lulu, Monique, Carmen, Chantal, Sarah... en contrefaisant mon écriture sur chaque photo.

Il y en a des croupes et des nichons, étalés sur mes murs !

Lorsque ma concierge, qui fait aussi mon ménage, voit cela, elle ne peut s'empêcher de soupirer, avec un air mélancolique et en me jetant un coup d'œil en dessous :

— Ah ! ces artistes !

Dans son cervelet obscur, il doit y avoir des éclairs de concupiscence qui fulgurent.

Elle est prête, je le sens, au plus sublime des sacrifices. Une refoulée, quoi !

Moi, je suis pas bon... Cinquante-cinq carats qu'elle avoue. Une bouille... à faire sauver les moineaux.

N'empêche que ces photos me posent lorsque, parfois, je fais monter une nouvelle conquête dans mon studio.

Je prends un air faussement gêné :

— Je n'ai pas eu le temps d'enlever toutes ces images, que j'insinue à ma poupée d'un soir, mais tout cela est du passé. Ces aventures sont finies, bien finies. Il n'y a que toi qui comptes, désormais.

Je leur dis la même chose à toutes.

Et quand ça dure trois jours, c'est un record.

Je pense, d'ailleurs, qu'elles sont fixées à l'avance sur la sincérité de ma passion, mais, dans le fond, comme elles n'en demandent pas plus que ce que je peux leur offrir, elles s'estiment satisfaites.

Après avoir fait chauffer mon petit café-crème et ingurgité mes deux croissants, je me suis reglissé dans les draps pour m'abandonner aux joies de la lecture.

Ça faisait trois jours que le drame du Châtelet avait eu lieu et les quotidiens lui consacraient encore deux colonnes en première page.

Pour la première fois, ce matin-là, les reporters soulevaient un coin du voile.

*On interroge dans le plus grand mystère,* qu'ils écrivaient, *un individu spécialisé dans le tir à la carabine. C'est un artiste de variétés, Français de naissance, mais qui présente son numéro sous un pseudonyme espagnol.*

*D'autre part, M. Margellin, le secrétaire du regretté Camille Manola, a été longuement entendu par les policiers chargés de l'enquête, ainsi que M. Antoine Manola, le frère de la victime.*

*Ni l'un ni l'autre ne sont en cause. M. Margellin était dans la loge de l'artiste lors du crime et son frère dînait chez des amis qui ont confirmé ses dires.*

*Il semblerait, aux dernières nouvelles, que des charges assez compromettantes pourraient être révélées à l'encontre de l'artiste dont nous parlons plus haut et dont l'interrogatoire se poursuit.*

Tout ça ne m'apprenait rien. J'en savais plus que tous ces journaleux à la noix.

Par curiosité, j'ai jeté un coup d'œil sur la page théâtrale.

Le Châtelet annonçait sa fermeture pour une période illimitée.

La direction cherchait une vedette qui fasse déplacer les foules.

Son embarras était grand.

En comptant bien, il n'y a que quatre ténors de music-hall qui tiennent vraiment le coup et qui aient la faveur du public.

Manola venait en un. Il n'était plus. Paix à ses cendres ! Il en restait trois et tous les trois étaient sous contrat.

Jacques Dossegor, au théâtre Mogador. Henri Martinière à la Porte-Saint-Martin. Rudolph Francis à la Gaîté-Lyrique.

Les trois opérettes jouées dans ces trois théâtres par ces trois vedettes avaient encore quelques mois de représentations dans le ventre.

Donc pas question d'en engager un pour reprendre le rôle principal de l'œuvre de Jean-Jacques Brinès.

Je me marrais doucement. Un rien joyeux.

C'est vrai, on est tous comme ça dans notre métier. On est toujours content quand il arrive une tuile à un directeur.

Jusqu'au jour où on devient directeur soi-même... alors là, on ne rigole plus.

— Quel dommage que je ne sois pas ténor ! que je me suis mis à soupirer tout haut.

A ce moment-là, mon téléphone a frétillé.

J'ai décroché, m'imaginant, je ne sais pourquoi,

que c'était un impresario qui allait me proposer une affaire.

Nib ! c'était Lambert.

— Encore couché, beau baryton, qu'il m'a lancé.

— Tu plaisantes, que j'ai menti aussitôt, je suis avec mon professeur de chant, mon pianiste, mes deux petites secrétaires, mon orchestrateur et mon manager.

— Tu les pends après les murs pour qu'ils tiennent, qu'il m'a répondu en se fendant la pipe.

C'est qu'il connaît ma carrée, le Lambert.

Il a ajouté :

— Trêve de billevesées, comme disait M$^{me}$ de Sévigné, as-tu déjà vu l'opérette de la Gaîté-Lyrique ?

Je l'avais applaudie, effectivement, il y avait bien huit à dix mois.

— Oui, beau pigeon.

— Que dirais-tu si nous la revoyions ensemble ce soir ?

— Quelle idée !

— Ne cherche pas à comprendre. C'est trop fort pour toi.

— Après tout, je n'ai rien à faire. Ta compagnie m'est agréable. La profondeur de tes jugements et la richesse de ta conversation me sont profitables ; si cela te fait plaisir de m'avoir à ton côté, compte sur moi.

— Pour les salades, tu repasseras, qu'il a tranché. Rencart à sept heures trente. Pas plus tard, tu entends, pauvre clebs. Nous t'attendrons, mon collègue et moi, à la terrasse du bar « Le Cristal » en face du square des Arts-et-Métiers. Mets-toi à une table, on viendra sans doute s'asseoir à côté de toi, sans avoir l'air de te connaître. Boucle-la et n'ouvre ton clairon que si on te parle. Compris ?

— Encore du mystère ?

— C'est la grande semaine de l'Illusion, qu'il a bonimenté. Places de quatre cents à huit cents francs. Matinées dimanches et fêtes.

Puis il a raccroché.

Qu'est-ce que tout cela voulait dire ?

Je me suis levé et je suis passé dans la salle de bains.

J'ai commencé à me raser en cherchant à percer cette nouvelle énigme.

J'ai envié tous ces héros des romans noirs qui trouvent les solutions dans l'absorption de nombreux whiskys.

Moi, je n'avais qu'un vieux fond de bouteille d'un porto bon marché, restant d'un fol après-midi d'amour, où j'avais invité une pépée, rencontrée dans le métro, à venir voir ma collection de pavillons japonais !

J'ai vidé la bouteille.

Ça n'allait pas mieux.

Je suis retourné devant ma glace, pour lustrer cette chevelure naturellement ondulée qui fait se pâmer les vieilles souris quand je chante : *Pourquoi m'as-tu quitté, Mimi ?*

J'ai constaté que je ne m'étais rasé que d'un côté.

Ah !... ce Lambert... Il me fera tourner en bourrique.

# VII

J'ai bien des défauts, mais j'ai, au moins, une qualité : je suis toujours exact à mes rendez-vous.

Plutôt en avance, même.

En regardant ma montre, j'ai constaté que j'avais été, comme toujours, trop pressé de quitter mon domicile.

Et ce métro qui filait...

J'allais me trouver au Cristal à sept heures !

Pas question. J'ai résolu de descendre à Bourse et de me taper le reste du chemin à pied.

Une promenade de vingt minutes maximum...

Bien m'en a pris...

Au coin de la rue Montmartre, qu'est-ce que je rencontre ? Le brave Bourgade, le chef des chœurs du Châtelet...

On ne s'était pas revus depuis le soir tragique de la générale.

Il avait l'air vachement préoccupé, le bonhomme...

C'est moi, qui lui ai dit que j'allais assister à la représentation de *Fleur des Tropiques,* l'opérette de la Gaîté.

— Tiens, m'a-t-il susurré, c'est là où je vais.

— Curiosité professionnelle ? lui ai-je insidieusement demandé.

— Peut-être, qu'il a répondu, laconique.

On a marché cinq minutes sans l'ouvrir, puis c'est lui qui s'est décidé à me faire part d'une grande nouvelle.

— Jo le Baryton, qu'il m'a dit subitement, d'un ton grave, tu me jures de garder pour toi ce que je vais te confier ?

— Bourgade, mon pote, que j'ai répliqué, je suis le tombeau des secrets, tu le sais. Dans notre putain de métier, j'aurais pu faire se tuer les meilleurs amis si j'avais raconté aux uns ce que les autres me disaient d'eux et vice versa. J'ai toujours tout esgourdé et tout gardé pour moi. C'est une référence. Maintenant, j'ajoute que si tu n'as pas confiance en moi, tu n'as qu'à la boucler, je ne te demande rien.

Il suffisait que je lui dise ça pour qu'il me débloque son paquet.

— Depuis la mort de Manola, on est en pleine pagaïe, au Châtelet. On avait bien prévu une doublure, par un petit ténor de troisième catégorie : Lucien Berinas... tu connais ? Un jeunot qui fait son affaire, mais qui n'a pas la cote !

» Juste bon pour deux ou trois représentations, quand la salle est faite et que le régisseur vient annoncer au public : « Mesdames, messieurs, notre grande vedette : Camille Manola, victime d'un enrouement subit, ne pourra pas jouer, ce soir, le rôle de l'officier de marine : Jean Loyal. Il sera remplacé au pied levé par son camarade : Lucien Berinas. »

» Il est bien rare, tu le sais, alors qu'il y a un tas de

péquenots qui ont fait des kilomètres pour assister à la soirée, qu'une partie du public se fasse rembourser.

» Mais le coup de l'enrouement, ça ne peut jouer qu'une fois ou deux. Note bien que le petit Bérinas a une voix beaucoup plus agréable que celle de Manola... Moi, c'est mon avis... Surtout dans la demi-teinte... mais voilà... il ne s'est pas encore fait un nom. Il lui faudrait une longue série à la radio. Quelques bons disques... Une création qui marque le coup. Ou, c'est aussi une solution, un scandale qui lui flanque un coup de projecteur — tout ça, pour te dire que ce n'est pas ce deuxième plan qui va reprendre le rôle de Manola. Pas question... la direction est aux abois... Ce n'est que rendez-vous entre l'administrateur, le secrétaire général et le grand patron. Aux dernières nouvelles — et c'est là où je te demande la discrétion, ils ont résolu de jouer un jeu d'enfer. Ils ont jeté leur dévolu sur Rudolph Francis, qui fait des salles combles à la Gaîté-Lyrique depuis huit mois ; malheureusement, il a encore cinq à six mois de contrat à tirer... Alors, ils ont pensé à payer son dédit : un million cinq cent mille francs, et à lui offrir le rôle à quatre-vingts sacs par soirée... Son manager a été pressenti... Tout cela a été décidé dans le plus grand mystère. Je ne l'ai appris que parce que je me trouvais dans l'antichambre de l'administrateur, tout à fait par hasard, quand ils en ont discuté. J'ai eu le temps de mettre les voiles avant qu'ils me repèrent. C'est pourquoi je viens ce soir faire un petit tour à la Gaîté. Peut-être que je vais y rencontrer une gueule connue chargée de servir d'intermédiaire à l'engagement.

Il a continué, comme s'il se parlait à lui-même :

— Il est nécessaire de trouver une solution de toute urgence. Cette fermeture la fout mal. Du côté personnel et artistes, figurants et choristes, ça barde drôlement. Tu parles ! On a répété trois mois pour la peau ! Les machinistes ont passé des nuits à régler les décors... les électriciens à mettre au point les jeux de lumière, les costumiers à faire les retouches et, enfin, tous les crabes à chanter juste, sans oublier le corps de ballet qui a transpiré du tutu pendant des journées entières... L'atmosphère est à la caille. La Fédération du spectacle est intervenue. Sûr que la direction va être obligée de les lâcher. Moitié cachet à casquer, pour le moins... Il leur faut à tout prix trouver une nouvelle vedette qui, en quinze jours, apprenne le rôle et sauve la situation...

J'ai écouté tout ça sans sourciller...

Je voyais bien ce qui se passait. Je connais la musique...

Bourgade avait un véritable sillon entre les yeux. Il réfléchissait dur, le gars. Il avait hâte d'avoir une solution heureuse...

C'est que, lui aussi avait besoin de travailler. Pauvre mec... Chef des chœurs, qu'est-ce que ça va chercher ? Cinquante billets par mois, au maximum. Lui aussi, en son temps, avait été artiste... ténor également, mais à son époque, on ne connaissait pas la radio... ou si peu... on avait du mal à se faire un nom. Plutôt que de la sauter toute sa vie, il avait préféré abandonner et, puisqu'il avait ça dans la peau et qu'en outre il avait une solide instruction musicale, il s'était casé comme chef des chœurs. Un sage, ce père Bourgade...

C'est moi, qui, après un instant de silence, ai repris le contact.

— Je te comprends, mon vieux. Compte sur ma discrétion... Et tu sais, je souhaite que la combine de tes patrons réussisse. Il y a bien assez de cabots au chômage. Plus vite vous reprendrez, mieux ça vaudra.

On était arrivés au coin du Sébastopol.

J'ai repéré la terrasse du Cristal...

Il n'y avait encore personne. Il était sept heures vingt-cinq.

— Je t'offre l'apéritif, qu'il m'a dit.

Je ne pouvais pas refuser.

On s'est installés à une table vide, sur le trottoir.

On était à peine assis que Lambert et Chadal sont venus prendre place à la table à côté.

Ils devaient être dans le square à me guetter, ces deux tordus.

Bourgade les a regardés d'un œil absent... mais c'était une manière qu'il se donnait.

Au bout de deux minutes, quand on a été servis et que les deux autres ont eu l'air de ne pas s'occuper de nous, il m'a poussé du coude.

Je me suis retourné vers lui... lentement... comme si de rien n'était. Je l'ai interrogé du regard.

Il m'a chuchoté, en désignant Lambert et Chadal du pouce.

— Les deux inspecteurs chargés de l'enquête.

Il les connaissait. Il les avait repérés. « Rien d'étonnant, que j'ai pensé. Ils ont dû se rendre sur les lieux du crime et interroger tous les chefs de service. »

J'ai fait comme si j'arrivais de province.

— Ah ! que j'ai dit, d'un ton extrêmement surpris.

Il ne pouvait pas se douter de notre intimité.

Il a ajouté, toujours entre ses dents :

— Qu'est-ce qu'ils viennent foutre là ?

Alors, là... moi aussi j'aurais bien voulu le savoir.

Les deux autres faisaient toujours comme s'ils ne me connaissaient pas. J'observais la consigne. J'attendais qu'ils m'adressent la parole. Si je pouvais me débarrasser du Bourgade pendant cinq minutes !

Déjà quelques spectateurs faisaient la queue devant la grille d'entrée.

Des femmes, surtout. Toujours les mêmes. Celles qui se pâmaient pour le beau Manola venaient frétiller du fessier pour le gentil Rudolph... De quoi se marrer.

Un flic avait pris son service et empêchait les voitures de stationner devant le théâtre.

En outre, il réservait une place, devant le square, pour quelque personnage officiel sans doute, car il chassait impitoyablement tous les automobilistes qui voulaient s'y arrêter.

— C'est la place de la voiture à Francis, m'a encore confié Bourgade. Ça fait partie de sa publicité. Il arrive devant le théâtre au lieu de passer par l'entrée des artistes. Il a une grande Chrysler, décapotable. Vert amande. Il s'amène lentement, tu vas voir, il manœuvre encore plus doucement. Les femmes lui demandent des autographes avant d'entrer... Ça fait bien. Ça se répète. L'histoire des moutons de Panurge. Tout le monde veut la signature de Rudolph Francis...

Il a eu un haussement d'épaule, désabusé :

— Tas de cinglés... Quelle époque !

Moi, je ne savais toujours pas ce que je venais faire dans ce bordel.

J'ai eu l'idée de me rendre aux lavabos pensant bien qu'un de mes deux poulotins viendrait m'y rejoindre et m'affranchir.

Décidément, la chance était avec moi.

C'est Bourgade qui s'est levé :

— Excuse-moi... Je vais pisser...

A peine s'était-il engouffré dans le bar que Lambert m'a dit :

— Il nous a reconnus... Aucune importance. On t'expliquera plus tard. Tiens, lis ça.

Et il m'a tendu un papelard.

C'était un billet tapé à la machine.

J'ai lu :

*Messieurs, si vous voulez savoir toute la vérité sur l'assassinat du chanteur Manola, venez ce soir à la représentation de* Fleur des Tropiques, *à la Gaîté-Lyrique. Vous comprendrez. Arrivez de bonne heure. A sept heures et demie, au plus tard. Un ami dans l'ombre.*

Je lui ai rendu son papier.

— Ça fait très roman policier. Mais qui est-ce qui vous l'a envoyé ?

— Mystère et vaseline, qu'il a ricané. Trouvé ce matin dans le courrier. Il ne faut rien négliger, même les lettres anonymes. Des fois, ça a donné des résultats. On t'a alerté. Prends une place au balcon et après le spectacle, rendez-vous au Monte-Carlo, avenue de Wagram. C'est près de chez toi. Regarde bien dans la salle. Repère tous les visages connus. Compris ?

— Quel métier vous me faites faire ! que j'ai soupiré.

— Ta gueule, qu'il m'a dit. Joue pas les martyrs. Dans le fond, t'es bien content. A tout à l'heure et... boucle-la.

Bourgade revenait s'asseoir en grillant une cigarette.

— Huit heures moins dix, qu'il a fait. On est pas en retard.

Le métro vomissait des tapées de spectateurs qui venaient grossir la queue devant les deux bureaux.

Les femmes étaient en majorité.

Deux flics supplémentaires canalisaient le public qui commençait à être en effervescence.

Moi, je ne sais pas pourquoi, j'ai commencé à ressentir de l'angoisse...

Curieux... hein ?

## VIII

On ne se parlait plus. On regardait la foule qui s'énervait parce que les bureaux n'ouvraient qu'à huit heures.

Le rideau se levait à neuf heures moins le quart. Ils avaient bien le temps, ces corniauds, d'aller transpirer de la touffe !

— Tiens, m'a dit soudain Bourgade, d'un air étonné, Evelyne.

Une jolie poupée, bien roulée, grande, élancée, blonde, fringuée haute couture, descendait d'un taxi.

Je cherchais. Je ne la connaissais pas.

— La femme, ou plutôt : la maîtresse attitrée d'Antoine Manola, m'expliqua-t-il.

Il savait tout, ce père Bourgade. Une vraie pipelette. Il entra dans les détails :

— Paraît qu'il en est tapé. Un jour ou l'autre, il finira par l'épouser. On ne peut pas dire qu'elle porte le deuil de son beau-frère de la main gauche, hein ? Camille ne pouvait pas la souffrir. Rien d'extraordinaire, tu sais, il détestait tout ce qui était féminin. Qu'est-ce qu'elle vient faire à la Gaîté ?

Lambert et Chadal, tout en ayant l'air d'être

plongés dans une conversation absorbante, ne perdaient pas un mot des confidences du chef choriste.

La belle Evelyne devait avoir un billet pris en location car elle se dirigea vers la porte centrale.

Elle dut poireauter, comme les copains. Ce n'était pas encore ouvert. Cependant, derrière les grilles, le chef contrôleur s'affairait, donnant ses dernières instructions aux caissières, aux ouvreuses.

Pour faire patienter la clientèle, il envoya l'ordre d'allumer l'entrée.

Ce fut un : Ah ! général.

Pour tout ce monde, le spectacle commençait déjà.

— Moins trois, me souffla Bourgade. Le beau Rudolph ne va pas tarder. Il est très exact. Ça fait partie de sa publicité. C'est sûrement son impresario qui a réglé le scénario. Tu vas te marrer... c'est du beau boulot.

Il ajouta, en me flanquant un bon coup de coude dans les côtes :

— Tiens, qu'est-ce que je te disais ?

Effectivement, une splendide Chrysler, vert amande, le toit ouvert, tournait lentement le coin du boulevard Sébastopol, amorçait un virage savant. Ralenti au maximum.

Le temps nécessaire pour que la foule le voie et dise :

— Francis... Rudolph Francis... C'est lui...

Au volant : le beau ténor.

Complet bleu pétrole, tête découverte, cheveux lustrés et bien ondulés. Sourire photogénique, genre : souriez-le-petit-oiseau-va-sortir, il avançait lentement vers ses admirateurs.

Un coup de sifflet.

Le flic de service arrêtait les taxis et autres voitures pour permettre à M. Rudolph Francis de garer sa belle bagnole devant l'établissement.

Déjà, les fillettes excitées et les vieilles souris en retard d'affection se précipitaient, le carnet d'autographes à la main.

Rudolph, toujours souriant, commençait sa manœuvre lorsque...

Ce fut épouvantable...

Une explosion formidable nous a soufflés comme des fétus de paille. Ça n'a pas duré deux secondes. Je me suis retrouvé le cul par terre tandis que la grande glace du bistrot, derrière nous, volait en éclats.

A mes côtés, Bourgade, complètement ahuri, était à plat ventre. Lambert gisait dans le ruisseau et se relevait, sans mal, cherchant à comprendre.

Quant à Chadal, il avait pris un morceau de vitre sur le crâne et pissait le sang.

Tout ça n'était rien à côté du tableau que nous avions sous les yeux.

La voiture de Rudolph venait de sauter...

Projetée comme une balle dans le square des Arts-et-Métiers, elle flambait.

Le beau ténor avait été éjecté de sa bagnole par le toit. Il gisait en loques, sur la chaussée. Un pantin désarticulé. Cassé, fini...

Des hurlements s'élevaient de toutes parts. Les gens fuyaient à droite, à gauche...

On voyait des mares de sang partout. Etendues jusque sur le trottoir, des femmes, huit ou dix, le bras coupé, la tête ensanglantée, un œil arraché, la gorge ouverte, gémissaient.

Le flic avait roulé à terre. Dépouillé de son uniforme par la déflagration, ses boyaux lui sortaient du ventre. Lui aussi était mort. Sûrement... Comme le ténor.

Les spectateurs impatients de tout à l'heure étaient maintenant les plus pressés à se débiner en courant.

Les uns par le boulevard Sébastopol, les autres par la rue Saint-Martin. Des fous ! on aurait dit des fous !

Cependant, le bruit de l'explosion, la voiture qui flambait comme une torche dans le jardin, faisaient accourir d'autres passants qui voulaient voir... Savoir.

Moi, j'étais aux premières loges.

— Vous n'êtes pas blessé, monsieur ? m'a demandé Lambert, très aimablement, me faisant comprendre ainsi que même en pareille circonstance, il fallait continuer à faire semblant de ne pas nous connaître.

Chadal essayait d'éponger sa blessure avec son mouchoir. Lambert l'entraîna très vite en disant, pour que je pige bien :

— Ce n'est pas grave, mon vieux. On va te faire faire un pansement chez le pharmacien et tu pourras te trouver au rendez-vous que nous avons, tout à l'heure, avec le copain.

C'était pour moi... J'ai compris.

Ils sont partis très vite.

Bourgade s'essuyait, se tâtait pour voir s'il n'avait rien de cassé et ne cessait de répéter :

— Ah ! par exemple ! Ah ! par exemple !

Derrière les grilles du théâtre, l'administrateur s'affairait. Il n'avait pas perdu de temps et avait téléphoné à Police Secours... puis à l'Hôtel-Dieu pour qu'on envoie des ambulances.

L'affolement général a duré dix minutes.

Des sauveteurs bénévoles — il y en a toujours dans ces cas-là — essayaient de relever les blessés. Il y en avait bien une dizaine, si ce n'est plus, qui étaient déjà refroidis à jamais. Les autres poussaient des plaintes lamentables.

On se serait cru sur un champ de bataille.

— C'est quelqu'un qui a jeté une bombe !

— Bien sûr que c'est quelqu'un qui a jeté une bombe, affirma un vieux connard qui venait d'arriver et qui n'avait rien vu.

Une bombe ? déjà la version de l'attentat à la bombe, contre le ténor ou contre le théâtre, se répandait sur le boulevard Sébastopol, gagnait le boulevard de Strasbourg, les grands boulevards.

Bourgade, qui commençait à reprendre ses sens, me tira par la manche et me dit :

— Pourvu que la belle Evelyne ne soit pas dans les blessés !

Tiens, c'est vrai ! Je n'y pensais plus à celle-là.

On s'est mélangés à la foule des secouristes volontaires... On a cherché, regardé parmi tous ces corps qui gémissaient ou qui avaient cessé de gémir... Pas d'Evelyne...

Un groupe important entourait les morceaux du malheureux chanteur. Il n'était pas beau à voir, ce pauvre Rudolph. Il avait été complètement soufflé, brisé en plusieurs morceaux... Il trempait dans un bain de sang... Le sien.

Pauvre type... Dommage, il était sympathique, celui-là.

Des coups de sirène. C'est le car de Police Secours qui arrivait.

Vingt flics en pèlerine sautèrent sur la chaussée, commencèrent à faire du zèle :

— Reculez... reculez...

Ils voulaient en tabasser un qui refusait de circuler.

C'était un docteur qui donnait ses soins...

Ils avaient bonne mine, les flicards.

Aux fenêtres du Sébasto, on s'écrasait littéralement.

Un tas de vitres avaient sauté. Tout le monde s'interrogeait, avait les foies, cherchait à comprendre...

Ça courait de tous les côtés.

Des mères hurlaient de douleur à côté du cadavre de leurs filles.

Les flics ont eu du mal à repousser les curieux...

Pour couronner le tout et parachever l'affolement, voilà les pompiers de la caserne du Château-d'Eau qui rappliquent.

Qui les avait alertés ? Mystère !

Ils venaient pour la voiture.

Ils ont pénétré dans le square et ont essayé d'arrêter l'incendie de la carrosserie.

Presque au même instant, trois ambulances débouchèrent du boulevard.

Les agents ont chargé les cadavres dans l'une, les blessés dans les deux autres...

Ah ! ce n'était pas beau à voir ! J'en avais le cœur chaviré. Tous ces débris de chair humaine... et ce pauvre Rudolph complètement vidé de son sang...

Les conversations allaient bon train.

L'histoire de la bombe prenait corps.

Comme toujours, dans ces cas-là, il y a un mec bien informé. C'est toujours celui qui n'était pas là et qui n'a rien vu.

Un grand connaud, avec une petite barbouze à la peintre, assurait qu'il avait vu un homme courir, cherchant à se dissimuler aussitôt après l'attentat...

Tu parles ! Tout le monde courait...

Puis est arrivée une autre voiture. Celle du Laboratoire municipal.

On ne l'attendait pas. Qui l'avait priée de venir ? Mystère !

Les employés descendirent précipitamment et commencèrent à scruter la chaussée, les murs, l'entrée du théâtre.

Pendant ce temps, les artistes de la troupe de la Gaîté, qui s'étaient démaquillés en vitesse, rappliquaient sur les lieux.

J'en connaissais les trois quarts. Bourgade aussi. On s'est mis à discuter, à potiner.

A dire vrai : on nageait !

Plus question de jouer ce soir. Peut-être demain, disait le trial, qui tenait le rôle d'un cinquième bec de gaz dans le lointain, mais qui avait trois gosses et une femme malade qui attendaient son fric pour becqueter.

Cependant, on commençait à déblayer la chaussée. Le pauvre flic mort avait été ramassé, empaqueté dans une pèlerine et fourgué dans une voiture.

Sur la porte du théâtre, l'administrateur, absolument ahuri, regardait sans réagir. Un vrai cirque qu'il devait avoir dans le crâne.

Les employés du Laboratoire municipal ont donné des ordres au brigadier.

Aussitôt, quatre flics se sont détachés et ont été

monter la garde à côté de la Chrysler qui finissait de flamber.

Interdiction d'approcher.

Je ne suis pas contrariant. Je n'ai pas insisté.

Il y avait bien une demi-heure, maintenant, que l'accident, ou l'attentat, on ne savait pas encore, avait eu lieu.

Bourgade m'avait suivi dans tous mes déplacements. Il était vachement atteint, le pauvre vieux... Pas de blessures, bien sûr, mais une véritable fêlure dans la matière grise.

— T'as vu ça, qu'il ne cessait de répéter... Ah ! par exemple ! T'as vu ça... ?

Complètement sinoque, le chef des chœurs !

Il commençait à me casser les pieds avec ses lamentations.

J'ai fini par lui dire :

— Et toi, t'as vu ce que tu voulais voir ?

Il m'a regardé fixement, comme un pauvre cinglé :

— J'ai rien vu, qu'il m'a répondu.

Et il a quand même ajouté, au bout d'un instant :

— C'est le deuxième ténor qui disparaît tragiquement en trois jours... c'est curieux !

Pourtant vrai... Sur le moment, je n'y avais pas songé !

## IX

— Dis donc, il n'est pas verjot, ton directeur. Ça serait pas un jettatore, des fois ? Suffit qu'il ait des vues sur un artiste pour que celui-ci clabote tragiquement... ? Allez, je te quitte, au revoir, Bourgade. Bon courage, quand même, et à un de ces jours !

C'est sur ces mots que je quittai ce vieux copain.

Complètement anéanti, groggy, gâteux, il ne sut que répondre :

— Heuh... euh... Oui... Au revoir... euh...

J'ai fendu la foule.

Qu'est-ce qu'il y avait comme trèpe !

Ça descendait des grands boulevards. Ça montait des Halles. Ça rappliquait de la République.

Tout le monde voulait savoir.

J'avais décidé d'aller prendre mon métro à Strasbourg-Saint-Denis.

J'étais presque arrivé au coin de la rue Sainte-Apolline lorsque j'ai aperçu Evelyne devant moi.

Avec un grand type. Genre métèque. Sud-Américain. Teint olivâtre. Cheveux noir corbeau. Cils en frange de tapis.

Le type même du danseur argentin pour vieilles gonzesses délaissées.

Dans les palaces, à l'heure du thé, il devait avoir un drôle de succès.

Ils discutaient dur.

J'aurais aimé savoir. Entendre. Je vous l'ai dit : je suis curieux comme une moujingue au cours d'éducation sexuelle.

J'ai pigé une phrase.

C'était elle qui rouspétait :

— T'es toujours en retard... Pour une fois, ça t'a réussi.

Marrant, c'était la femme qui se plaignait du retard de l'homme. Le monde à l'envers.

Je les ai suivis, en peinard. Comme ça, pour voir.

Ils ont traversé le boulevard et sont allés s'installer à la terrasse d'un petit tabac, près de la Scala.

J'aurais bien aimé piger leur converse.

Impossible d'aller m'installer près d'eux. Ils m'auraient repéré. D'autant plus qu'il n'y avait pas une seule table occupée.

Le patron, les garçons, tout le monde était sur le trottoir, cherchant à se documenter sur le drame de la Gaîté.

Les clients de la Scala, de l'Eldorado, avaient abandonné leur fauteuil et le film d'amour, où le jeune premier refile un baiser à rallonge à la femme de sa vie, pour se joindre aux curieux.

Le garçon est venu prendre leur commande en ronchonnant.

Dans l'impossibilité d'en savoir plus, je suis allé prendre le métro.

Même fièvre au guichet, aux portillons, sur le quai.

A dire vrai, moi aussi j'étais nerveux, inquiet, angoissé. La commotion, le spectacle des pauvres gamines décapitées, éventrées, Rudolph en charpie, les scènes de terreur, les sanglots, les cris des femmes... tout ça commençait à me taper sur le bonnet.

J'aurais donné gros pour savoir.

A cet instant, je me suis senti solidaire de mes deux poulets. J'aurais voulu être auprès d'eux, entendre les déductions de Lambert, connaître les derniers détails sur l'enquête Manola.

Je suis arrivé au Monte-Carlo sur le coup de onze heures. Là aussi on savait déjà.

Les garçons m'ont repéré dès mon arrivée.

Le Monte-Carlo est un peu mon quartier général. C'est si près de chez moi !

Ils ne m'ont pas laissé le temps d'aller m'installer à la table où mes deux poulets se tapaient une fine à l'eau.

Ils m'ont sauté sur le paletot.

C'est qu'ils savent tous qui je suis : Jo le Baryton, la grande vedette de l'A.B.C. et des music-halls parisiens.

Sans se douter que j'arrivais tout droit des lieux de l'attentat, ils ont commencé à me poser mille questions stupides.

— Vous le connaissiez, Rudolph ?

— Un bon camarade à vous ?

— C'est vrai qu'il était marié ?

— Sa femme était avec lui dans la voiture ?

— Il avait une maîtresse ?

— Quel âge qu'il avait ?

— Qu'est-ce qu'il gagnait par soirée ?

— Ce serait pas un suicide, des fois ?

J'ai eu du mal à me décramponner de tous ces casse-pieds. Je voyais le Lambert qui me regardait et semblait dire : « Tu vas un peu te grouiller, baryton de mes deux ! »

Finalement, j'ai secoué cette grappe d'emmerdeurs avec des phrases insignifiantes et je suis allé m'installer près de mes deux pigeons.

Lambert semblait assez préoccupé. Voire anxieux. Quant à Chadal, il avait bonne mine, avec son pansement sur le front et ses croix d'albuplast. Il avait tout du grand blessé de guerre. Sa grosse gueule réjouie démentait, malheureusement, les souffrances imaginaires qu'on aurait pu lui prêter. Il sirotait doucement sa fine.

Lambert ne m'a pas laissé le temps de respirer.

— Raconte, qu'il m'a dit, laconique.

— Quoi ?

— Tout... tout ce que tu as vu, tout ce que tu as entendu.

J'ai dû lui faire le récit depuis le commencement, c'est-à-dire depuis l'instant où j'ai rencontré Bourgade, rue Réaumur, jusqu'à mon arrivée.

Tout y est passé.

Ce qui l'a le plus intéressé, c'est le récit du drame après son départ. Le grand con qui avait lancé le bruit qu'on avait jeté une bombe, notre recherche du corps d'Evelyne, puis ma surprise de la rencontrer avec un beau ténébreux sur le boulevard Sébastopol, la bribe de phrase que j'avais surprise, leur discussion à la terrasse du tabac de la Scala.

J'ai dû lui recommencer le récit, deux fois, en allant doucement.

A tel point que je lui ai lancé, en blaguant :

— Dans le poulet, c'est la cervelle qui ne vaut rien.

— Ne fais pas de l'esprit, qu'il m'a répondu, ce

n'est pas ton genre. Laisse ça aux comiques, aux marrants, et cantonne-toi dans la chanson guimauve et déconstipante.

La vache... Toujours le mot qui veut être vexant...

Heureusement que je le connais, le gars.

Tout ça me laisse frigo... J'ai rigolé, ça valait mieux... Et puis je voulais savoir ce qu'il pensait...

Mais va te faire foutre, il n'en bonnissait pas une...

En pleine crise de mutisme qu'il était, le Lambert...

Chadal semblait somnoler. Il ne voulait pas troubler les méditations du supérieur.

Au bout d'un quart d'heure, j'ai attaqué :

— Si c'est pour contempler vos gueules d'intellectuels que vous m'avez fait venir, je vous ai assez vus, je vais me coucher.

— Assieds-toi, peau de prune, qu'il m'a lancé en me retenant sur ma chaise.

Il s'est décidé à l'ouvrir.

— Jo, que tu le veuilles ou que tu ne le veuilles pas, maintenant, t'es dans le bain. Avec nous. Je te considère comme faisant partie de la maison Poulaga, avec cette particularité que, toi, tu fais le métier pour la beauté de l'art. Tu nous as été utile. Ce n'est pas fini. Tu vas encore nous aider. Pour ta récompense, tu seras le seul, je dis bien, le seul, parce que je sais que tu ne l'ouvriras pas, qui sera au courant de l'enquête au fur et à mesure de nos recherches. Pour te donner une preuve de ma confiance, je vais répondre à ta question.

— A ma question ? Je ne t'ai rien demandé ?

— Non. Mais je lis dans tes yeux que tu voudrais

savoir s'il y a un point de corrélation entre l'assassinat de Camille Manola et... mettons... l'accident... de Rudolph Francis. Franchement, je ne saurais l'affirmer... quoique il y ait un fait troublant qui aura besoin d'être sérieusement étudié et vérifié.

J'étais en transes...

Ça y est, je l'avais, la confidence.

Il commanda une nouvelle fine, attendit le départ du garçon et daigna me fournir de plus amples renseignements.

— Tu n'ignores pas, baryton de mes fesses, que les soirs de « générale » à bureaux ouverts, comme c'était le cas pour la représentation du Châtelet, le secrétaire donne des places à tous les interprètes, au personnel de la salle et du plateau et, comme de juste, aux représentants de la Presse. Bon. Du vrai public qui les lâche, il en rentre très peu. A la soirée de jeudi, au Châtelet, il y avait sept cents cochons de payants et treize cents invités gratuits. Les invitations sont numérotées. L'administrateur sait donc, en consultant le plan de la salle, quels sont les occupants de tel ou tel fauteuil. Or, il se trouve que notre Manola avait demandé dix places. On n'a pas pu les lui refuser. C'était la vedette. Il avait besoin de faire sa salle. D'avoir des supporters. Et puis aussi de contenter certains amis ou parents. Dans ces dix places — tu me suis bien, joli chanteur de charme ? — on lui en a délivré deux pour le premier rang de balcon à droite... j'ai bien dit : à droite, numéros 31 et 33. Restait à savoir à qui il avait donné ces deux fauteuils. Son secrétaire-manager-amant de cœur a pu nous renseigner. Il a envoyé ces places à son frère... A son frère qui ne l'aime pas, d'accord, mais qui, tout de même, est un peu obligé d'assister au triomphe du ténor de la famille. Jusque-là, tout s'enchaîne bien. La piste semble intéressante, quoique le frangibus semble bien incapable de pousser l'inimitié jusqu'à faire envoyer un bout de plomb dans la gorge de son aîné. Mais on ne sait jamais, et il ne faut pas se fier aux apparences, a prétendu un dénommé La Fontaine qui en connaissait un bout sur la question. N'oublions pas qu'il y a également, dans la famille, une histoire d'héritage qui peut mettre du gras dans le placard et donner des renvois de colère au plus brave type de la terre.

» Que savons-nous donc exactement ? C'est que les fauteuils de balcon 31 et 33, à droite de la scène et au premier rang, ont été occupés, *théoriquement*, par le frère de Camille Manola.

» Oui, mais ce dernier prétend, ce soir-là, avoir dîné chez des amis. Vérification faite : c'est exact !

» — Alors ? Qui s'est emparé des deux places gratuites ?

» — Personne, répond Antoine Manola. Je les ai refilées à une amie...

» — Ah ! Laquelle ?

» — Evelyne Verjois, qu'il répond...

» Tiens, tiens... ça ne te dit rien ?

J'étais haletant.

Bien sûr que ça me disait quelque chose. Evelyne ! Evelyne qui se serait trouvée au Châtelet le soir du crime et, coïncidence curieuse, devant la Gaîté, pour voir sauter l'autre ténor.

Je devais faire une gueule marrante car Lambert a pris son temps, m'a regardé et m'a lancé :

— J'ai l'impression que je t'intéresse, hein, mon petit pote.

Chadal, qui était au courant de toute cette salade, me contemplait d'un œil narquois.

Satisfait de l'effet produit, Lambert m'a donné une tape sur les épaules... une de ces petites tapes-caresses à assommer un taureau. Il est fort, ce salaud-là.

J'ai encaissé le coup en souriant.

Je voulais savoir la suite. Ça n'a pas traîné.

— Nous avons donc un fait précis, à savoir : M$^{lle}$ Evelyne Verjois, maîtresse d'Antoine Manola, était au premier rang de balcon le soir de la « générale », du côté droit, là d'où la balle, qui devait trancher la carotide de son beau-frère, est partie. Avec qui était-elle ?

» Antoine n'a fait aucune difficulté pour nous informer que son frère le dégoûtait à cause de ses mœurs, et ce, malgré sa notoriété, qui dépassait les frontières ; qu'il avait bien reçu les deux fauteuils numérotés pour la « générale », envoyés avec un mot poli du manager Margellin, mais qu'il s'était écrié, en ouvrant l'enveloppe : « Ses invitations, il peut se les carrer dans le train... »

» Résolu à ne pas paraître à cette soirée, pour la raison supplémentaire qu'il était invité depuis quinze jours et retenu à cette même date à dîner chez d'excellents amis, il avait voulu jeter les billets au panier... mais... Il préféra en faire bénéficier sa gentille petite maîtresse : Evelyne qui, elle, n'avait justement rien à faire ce soir-là.

» — Prends-les, lui avait-il dit, et si par hasard ça te barbait, fais-en profiter ta concierge. C'est un spectacle qui ne lui fatiguera pas les méninges.

» Evelyne avait répondu qu'elle était heureuse de ces invitations, qu'elle se ferait accompagner de sa mère qui n'était pas allée au théâtre depuis deux ans pour le moins.

» Voilà tout ce que nous a révélé l'interrogatoire d'Antoine Manola.

» Tout cela était mignonnet, familial, plausible, honnête... et tout et tout...

» Oui, mais voilà où ça se gâte : au domicile de la belle Evelyne, enquête rapide du dénommé Chadal ici présent auquel je passe la parole.

Se tournant vers ce dernier, il eut un geste magnifique :

— Victime du devoir, blessé pendant l'exercice de ses fonctions, futur décoré de la médaille du dévouement au Bien Public et peut-être de la Légion d'honneur à titre posthume, je vous laisse le soin de narrer en ces termes choisis qui sont les vôtres, la suite de notre enquête. Racontez tout à ce malheureux cabot en rupture de contrat et qui semble nettement meilleur dans les histoires de romans policiers que dans l'interprétation de *Prends mes bottes on va danser,* la valse à succès de son nouveau répertoire.

Après s'être assuré que son pansement ne risquait pas de se détacher, le sieur Chadal, de sa voix de vieux titi vicieux, continua le récit :

— M^lle^ Evelyne vit avec sa croulante, une honorable vieille gonzesse qui a plus de poil au menton qu'elle en a au c... Je me suis présenté chez elle, sachant que sa chère fille était absente. Je tenais à la main un parapluie... Pourquoi un parapluie ? Vous allez le savoir, petit chanteur à la gueule de bois. Lorsque la vénérable M^me^ Verjois mère m'eût ouvert, je me présentai comme un garçon de bureau du théâtre du Châtelet.

» — Pardon, madame, dis-je à la bonne grand-maman, qui tenait encore à la main son bol de café au lait, je viens de la part du Châtelet vous rapporter ce parapluie que vous avez dû oublier avant-hier soir dans la salle. Rien d'étonnant, d'ailleurs, avec ce drame épouvantable qui s'est passé.

» Etonnement de l'aïeule !

» — Mais je n'étais pas au Châtelet.

» — Pardon, madame. Ce parapluie a été trouvé devant le fauteuil 31, que votre fille, M^lle^ Evelyne, a occupé au début du spectacle. N'étiez-vous pas à ses côtés ?

» — Vous faites erreur, mon bon monsieur, répondit la brave vieille en s'essuyant le menton sur lequel coulait un ruisselet de café-crème. Ma fille a effectivement assisté à ce spectacle, mais pas avec moi. Elle a dû se faire accompagner par une de ses camarades de lycée, Josette Langlais. C'est sans doute à cette dernière qu'appartient ce parapluie. Merci quand même de votre dérangement. Merci au Châtelet de son amabilité.

» Là-dessus, la vioque m'a fait un immense sourire, ce qui me permit de constater qu'il lui manquait pas mal de tabourets dans la salle à manger. Mine de rien, et avant de partir, je lui ai demandé l'adresse de Josette Langlais. Histoire de lui rendre son pébroque. La gâteuse m'a donné ça en moins de deux.

» Avec la célérité qui me caractérise, je me suis transporté au 24 de l'avenue de Suffren où devait gîter la jeune Josette. Là, également, je fus reçu par la mère. Même scène de comédie avec le pépin. La vieille le prend, le retourne de tous les côtés et me dit :

» — Ce parapluie n'a jamais appartenu à ma fille.

» Je le savais, because que j'en avais piqué un au hasard dans les laissés-pour-compte de la P.J.

» Je commence à bafouiller poliment quand rapplique la jeune fille en fleur.

» Une gosse du tonnerre. Jolie comme un cœur. Blondinette avec des grands yeux bleus. Avec ça une paire de rotoplots bien dessinés sous un corsage très ajusté. De quoi s'amuser toute une saison d'été.

» Même boniment.

» La gosse devient toute rouge, se trouble...

» Tiens... tiens...

» Non, monsieur, ce parapluie ne m'appartient pas... Il est peut-être à Evelyne... Pourtant, qu'elle ajoute, je m'étonne qu'elle se soit encombrée d'un parapluie au mois de mai, avec les belles soirées que nous avons.

» Idiot ! Je n'avais pas pensé à ça.

» C'est une gosse qui donne une leçon à un policier. J'étais furax.

» Quand même, la môme s'était troublée, pas de doute là-dessus. Je risquai le tout pour le tout,... au hasard :

» — Peut-être y avait-il une troisième personne avec vous ?

» — Pas du tout, qu'elle proteste à toute vitesse.

» — Excusez-moi, que je lui dis en la fixant bien dans les châsses, pour la secouer un peu plus... Je vais aller me renseigner ailleurs... Merci, mademoiselle. A bientôt quand même.

» La mère se retire, très digne, et la fille vient m'ouvrir la porte.

» Seul avec elle, un instant, je risque un nouveau grand coup :

» — Ce n'est pas le Châtelet qui m'envoie... C'est la police judiciaire.

» Je lui ai lancé ça très vite et d'une voix sifflante.

» Pauvre môme, j'ai cru qu'elle allait tomber en syncope. Juste le temps de la retenir...

» — Oh ! mon Dieu ! qu'elle soupirait...

» Puis, elle me lance tout bas :

» — Attendez-moi devant la porte. Je descends dans cinq minutes.

» Je me sentais tout ragaillardi. J'avais l'impression que c'était moi Chadal, Albert pour les dames, qui allais ramener à la boîte le secret de l'assassinat du beau ténor de la pédale...

» Erreur... erreur... erreur...

» On n'est jamais sûr d'être gagnant dans la course au criminel. Exactement comme au turf, toujours un imprévu qui fait battre le favori.

» La môme est arrivée près de moi avant les cinq minutes fixées.

» — Non. Je n'étais pas au Châtelet, il y a quatre jours, qu'elle me sort, rapidos. Evelyne m'avait priée de dire, et de laisser croire à son entourage, que nous sortions toutes les deux ce soir-là, mais en réalité, elle ne tenait pas à ma présence. Je dois vous dire que nous nous rendons souvent des services de ce genre. Quand j'ai besoin de ma liberté, je dis à mes parents que je sors avec Evelyne. Quand c'est elle qui veut rencontrer quelqu'un qui pourrait déplaire à son ami : M. Antoine Manola, ou à sa mère, elle prétexte une sortie avec moi. Le soir du Châtelet, j'étais bien contente de lui offrir cette occasion de rencontrer son autre ami, car, moi, j'avais pris rendez-vous avec Guy...

» — Guy ? Qui c'est Guy ?

» — Un flirt, qu'elle m'avoue en rougissant.

» Tu parles ! Je voyais le genre de flirt.

» Très poussé. Baiser ventouse et le reste.

Déjà, son histoire ne m'intéressait plus.

» J'avais pigé la sortie. Evelyne était accompagnée d'un gigolo qui doublait le frère du charmeur décédé.

» C'est tout ce que je voulais savoir.

» Mais la môme était remontée. L'histoire, pour elle, prenait de l'importance.

» — Le lendemain matin, qu'elle m'explique, quand ma mère m'a demandé des détails sur la tuerie du Châtelet, je n'ai pas su quoi lui répondre. J'ai dû lui jouer la comédie de l'évanouissement prolongé avant de lui donner des détails. Juste le temps de téléphoner à Evelyne qui, heureusement, était chez elle et m'a raconté, par le menu, l'assassinat de Camille Manola, la suspension de la soirée, les commentaires du public. Voilà, monsieur, toute la vérité. Inutile de vous dire que si mes parents apprenaient mon aventure avec Guy, je n'aurais plus qu'à me tuer, car ils me chasseraient de la maison. C'est vous dire que mon sort est entre vos mains.

» J'étais troublé de la voir si émue.

» Dire que des mômes comme ça existent encore à notre époque ! Tu vois que l'humanité n'est pas si pourrie.

» Son sort entre mes mains, qu'elle m'avait lancé... C'est autre chose que son sort, que j'aurais aimé avoir entre les pognes.

» Je l'ai réconfortée, remerciée de sa confiance et je lui ai dit que l'affaire en resterait là.

» En réalité, j'aurais aimé en remettre, la revoir, sous un prétexte quelconque.

» Hélas, j'ai lu dans ses yeux que je n'étais pas son genre... J'ai trop de brioche. Elle doit aimer les petits sécots qui parlent prétentieux.

» Bref, comme disait Pépin, j'ai appris quand même une chose importante. A savoir que la belle Evelyne, maîtresse d'Antoine Manola, était ce soir-là dans la salle, au balcon et accompagnée d'un monsieur dont il s'agissait de trouver l'identité.

» M^lle^ Evelyne Verjois est convoquée demain à la boîte à dix-sept heures et je ne pense pas qu'elle nous quitte sans nous avoir donné le nom de son mystérieux cavalier.

» Voilà, mon vieux Jo, où nous en sommes de l'enquête Manola.

— Et si c'était Pedro Gominez, que je me suis écrié, malgré moi.

— Ce serait trop beau. Je vois bien où tu veux en venir et l'hypothèse a été envisagée par le fin limier que je me flatte d'être, rétorqua Lambert. Pedro Gominez, tireur d'élite, en cheville avec Antoine Manola pour descendre le ténor multimillionnaire ? Le partage de la succession devant avoir lieu après les obsèques ? Oui. Le raisonnement tient debout. Quoique ça semble bien scabreux pour un spécialiste de la balle à trente pas, d'aller s'installer en public pour faire son coup.

» Ajoute à cela que ce Pedro Gominez a des alibis qu'on est en train de vérifier et qui ont l'air de tenir.

» Ce Pedro Gominez s'appelle, en réalité, Pierre Gomin, de nationalité française mais avec une gueule de Catalan. Il a choisi un pseudonyme espagnol. C'est son droit.

» Il habite La Celle-Saint-Cloud, quand il n'est pas en tournée. Il vit avec sa partenaire, celle qui se pose sur la planche quand il lance ses couteaux. A La Celle-Saint-Cloud, la partenaire se transforme en femme de ménage. Pas de rapports intimes entre eux. Elle émarge pour le quart des appointements quand ils font leur numéro. En outre et entre-temps, il la loge et la nourrit. C'est tout. Elle n'a pas droit au quart d'heure de caresses. Pour la raison supérieure que lui aussi est de la pédale. Le soir du crime, Pedro a prétendu avoir passé la soirée dans une maison spécialisée : chez M$^{me}$ Arthur.

» Là-bas, on ne se souvient pas très bien de l'avoir vu ce soir-là.

» Il aurait dîné, auparavant, aux Pierrots, place Pigalle, jusqu'à neuf heures et demie. L'heure du crime ! comme chantaient feu Bérard et feu Georgel.

» Effectivement, un garçon des Pierrots a certifié avoir servi Pedro jusqu'à vingt-deux heures.

» Dans ces conditions, la piste du tireur d'élite semble devoir être abandonnée.

» Tu vois, petite tête d'artiste sans engagement, que la police a fait son devoir, tout son devoir.

Sur ces mots, il a commandé trois nouvelles fines à l'eau.

Quand ça tourne pas rond, Lambert marche au super-carburant.

# X

La demoiselle du vestiaire est apparue en haut de l'escalier et a crié dans un porte-voix :

— On demande le docteur Lambertin au téléphone.

Lambert s'est levé très digne.

— Te v'là docteur, à présent ? que j'ai sifflé... Bravo ! Monsieur donne dans les professions libérales.

Il ne m'a pas répondu et a gravi les marches quatre à quatre.

Au Monte-Carlo, les cabines téléphoniques sont au premier étage.

— Qui est-ce ? ai-je demandé à Chadal qui taquinait son pansement comme un enfant terrible.

— Mystère et bec de gaz, m'a-t-il répondu. Mon chef a bien le droit d'avoir des relations et, sans doute, une petite amie. Croyez-vous, donc, baryton aphone, que seuls les artistes soient des bourreaux des cœurs ? Sachez que toutes les poupées ne sont pas cinglées et que, Dieu merci, il y en a quelques-unes qui préfèrent ces chevaliers modernes que sont les as de la police judiciaire aux lanceurs de contre-ut efféminés.

— Chadal, tu me fais mal, je lui ai dit.

Soudain, il m'a lancé à brûle-pourpoint :

— Tu le connaissais bien, ce Rudolph Francis ?

— Comme ça, un brave type. Pas prétentieux, malgré sa notoriété. Le coup de la voiture, des autographes ? Mise en scène pour sa publicité, c'est tout. Dans le fond, ça devait l'emmerder.

— Il est marié ?

— Oui, avec une petite bonne femme, genre midinette, qu'il a connue il y a cinq ans. Ils ont une petite fille qui doit avoir quatre ans. Paraît qu'ils s'adorent... Ils ne le crient pas sur les toits, pour ne pas décourager les bonniches amoureuses et les dactylos en chaleur.

Tout de suite, j'ai eu une image devant les yeux : la mère et la fille apprenant la mort horrible du père.

Chadal a dû penser à la même chose et au même moment, car il m'a sorti :

— Pauvre gosse. Elle va en avoir, du chagrin.

Sa voix semblait toute drôle, un peu émue.

Ces vieux poulets, on les croit durs à cuire, et parfois on les trouve soudain tendres comme des poussins.

# XI

Lambert descendait l'escalier, le visage imperturbable.

La salle du Monte-Carlo était à peu près vide. La plupart des clients étaient encore sur les trottoirs. Ils discutaient le coup avec les loufiats, sur le drame de la Gaîté survenu trois jours après l'assassinat du Châtelet.

Une nouvelle version commençait à circuler.

Qui l'avait lancée, propagée ? On n'en sait rien.

Un fantaisiste, bien sûr.

Explosion du moteur, entendait-on un peu de tous les côtés.

— La même chose qu'à la catastrophe du Mans, prétendait un ballot qui n'avait pas pigé, à première vue, que la voiture du ténor roulait tout de même un peu moins vite que celle du malheureux pilote de course.

Ah ! ce qu'il s'en débite des conneries dans une journée !

Lambert est venu s'asseoir bien tranquillement.

Je le connais trop pour m'aviser de l'interroger. Je n'ai qu'à laisser venir.

Il m'a souri et m'a demandé :

— T'es-tu posé la question de savoir qui avait alerté les pompiers et le Laboratoire municipal ?

— Bien sûr ! L'administrateur du théâtre, j'imagine.

— Tu n'y es pas, peau de prune, c'est le docteur Lambertin ici présent.

— Tiens, pourquoi ?

— Je t'ai dit que tu saurais tout. Ouvre donc tes portugaises et essaie de comprendre aussi vite que moi. Lorsque nous nous sommes retrouvés le cul par terre avec la glace brisée dans le dos et un éclat dans le front de ce vieux copain, tu n'as songé, toi, baryton à la manque, qu'à te tâter les os pour savoir si tu étais au complet ou en pièces détachées. Moi, Lambert, brigadier à la Criminelle de la P.J., j'ai d'autres réflexes. J'ai tout de suite pensé à un attentat. Certes, l'accident était possible, plausible, et cela d'autant plus que je n'avais pas quitté des yeux l'arrivée du beau Francis, sa manœuvre et la petite bousculade de ses admiratrices. Je n'avais vu personne dans cette foule susceptible de s'approcher assez près pour lui flanquer une bombe dans les fesses, ce qui, d'ailleurs, aurait fait sauter l'agresseur comme la victime. Tout de suite, en te quittant, j'ai cavalé dans un café, pendant qu'un pharmaco faisait le pansement à ce vieux gland. J'ai alerté les pompiers de la caserne du Château-d'Eau, pour qu'ils essayent d'arrêter l'incendie de la bagnole, et le Laboratoire municipal, où j'ai des copains sûrs, pour qu'ils recherchent, dans la rue ou dans la Chrysler, les débris d'une machine infernale... si toutefois il y en avait une.

» Au Labo, c'est après Boucherot que j'ai demandé.

» Je lui ai dit ce que j'aimerais savoir. Je lui ai dit de me téléphoner au Monte-Carlo jusqu'à minuit trente. Chez moi ensuite. Je désirais connaître le résultat de ses investigations. Et c'est Boucherot, lui-même, qui vient de m'appeler...

D'un air satisfait, il jeta ses deux bras en avant, comme font les vieux acrobates après un double saut périlleux, puis, prenant un air de circonstance, il lança :

— Et voilà le travail !

J'attendais sans broncher.

Je savais bien qu'il n'avait pas terminé.

C'est alors qu'il regarda son copain Chadal, me scruta minutieusement et, détachant bien les syllabes, nous confia :

— Rudolph Francis a été assassiné.

On s'est regardés, on l'a regardé, stupéfaits.

Il continua, satisfait de son effet :

— Assassiné d'une manière machiavélique. Une main criminelle a posé une bombe à retardement sous le siège de sa voiture.

On était sidérés. On avait pensé, moi surtout, à tout autre chose.

— Boucherot vient de me confirmer les faits. Dans la rue, sur les trottoirs, aucun éclat ; dans les murs, pas la moindre trace de plombs ou de balles ; par contre, dans les débris de la voiture, dont l'incendie a pu être enfin maîtrisé par les pompiers, Boucherot a trouvé sous le fauteuil du conducteur un gros tube de fonte qui semble avoir contenu de la grenaille et de la poudre. Poudre assez ordinaire, comme celle dont on se sert dans les carrières. Un bout de cordon et un petit système d'horlogerie, le tout à moitié tordu, à moitié calciné, laissent supposer qu'on se trouve devant un engin à retardement préparé minutieusement pour une heure décidée à l'avance. Huit heures du soir, en l'occurrence. Le travail a été fait assez grossièrement, mais quand même intelligemment, puisque le résultat a été fracassant, si j'ose dire. Tous les soirs, Rudolph Francis venait seul au théâtre. Sa femme l'accompagnait très rarement et plutôt les jours de matinées. Son manager ne venait que les samedis soir, depuis qu'il avait réglé, une fois pour toutes, les scénarios de l'arrivée triomphale et de la chasse aux autographes. C'est donc bien Francis, et Francis seul, qui a été visé. Par qui et pourquoi ? voilà la question qui se pose.

» A.B.C. du métier : à qui profite le crime ? Voilà ce que nous devons rechercher.

» La belle Evelyne, qui se trouvait devant le théâtre à son arrivée, et qui a pu s'éclipser en douce un quart de seconde avant l'explosion, est-elle pour quelque chose là-dedans ? Voilà ce qu'il nous faut savoir.

» J'ai l'impression que demain soir, vers les dix-sept heures, il y aura du sport dans mon bureau. C'est pas ton avis, Bébert ?

Chadal, à qui s'adressait cette interpellation, hocha la tête gravement.

— Faudra bien qu'elle nous dise le nom du gnard qui l'accompagnait au Châtelet, et celui du copain qui est venu la retrouver à la Gaîté. M'est avis que c'est le même.

Je me taisais toujours. Mes yeux devaient drôlement briller.

— J'en connais un, reprit Lambert, qui donnerait

gros pour assister à l'interrogatoire de la belle poupée ; pas vrai, charmeur à la gode ?

— On ne peut rien te cacher, que je lui répondis.

— Alors, beau blond, on t'attend demain à seize heures trente, au 36, quai des Orfèvres, troisième étage, bureau 120. Compris ? Tu t'installeras à une table, tu tourneras le dos et feras semblant d'écrire. Tu verras comment on opère. D'ac ?

— D'ac ! Mais pourquoi l'avoir convoquée si tard dans l'après-midi ? Vous n'êtes pas pressés, à la P.J.

— Pourquoi ? Pauvre hanneton ! parce que demain matin, à dix heures, tu seras encore, certainement, à un autre rancart qu'on va te donner.

— Ah ?

— Oui. A l'enterrement de Camille Manola dont les funérailles auront lieu à Saint-Honoré-d'Eylau à dix heures trente. Les amis et la famille ont rendez-vous à la maison mortuaire, 213, avenue Victor-Hugo. J'espère que tu auras la délicatesse d'aller apposer ton nom sur le registre destiné à cet usage et qui se trouvera dans le vestibule. Ce sera une drôle de kermesse aux étoiles devant son domicile. Tu ne peux pas manquer ça. Et puis, on ne sait jamais, le criminel va peut-être se rendre sur les lieux de son crime. Ouvre l'œil. Ecoute tes collègues. Tu nous répéteras que ce que tu voudras bien nous dire. Note bien que je ne t'envoie pas là pour espionner mais uniquement dans ton intérêt. Tu voulais voir ton nom cité parmi les notoriétés, le soir de la « générale » au Châtelet... tu vas être satisfait... hein, vieux cabot ? Peut-être qu'après-demain, sur le *Phare de Romorantin* ou sur les *Nouvelles de la Ferté-sous-Jouarre* on pourra lire : « Remarqués dans l'assistance : MM. Chevalier, Yves Montand,

Charles Trenet, M$^{me}$ Piaf, le président du conseil, tous les grands directeurs de Paris et... Jo le Baryton ! » Si, après ça, tes cachetons sont pas augmentés de cent balles par soirée, je veux bien qu'on me la coupe.

— Il y a longtemps que tu n'avais pas déconné, je lui ai fait.

Pendant qu'il me sortait son paquet, moi, j'avais gambergé. C'est qu'un simple mot, qu'il avait prononcé en me parlant de la bombe à retardement, m'avait frappé. C'était celui de cette poudre comme celle dont on se sert dans les carrières.

Dans les carrières ?

A mon tour, j'ai pris mon temps, puis un air supérieur et j'ai commencé à l'intriguer :

— Mon vieux Lambert, tu es plus bête que méchant. C'est pourquoi je ne te tiens pas rancune de toutes les idioties que tu crois spirituel de me lancer. Je dis plus bête que méchant et je le prouve, parce qu'un autre que toi : un vrai détective, un as, un fin limier, pas un peigne-cul du bureau 120, aurait déjà profité de l'occasion unique qu'il a de se trouver avec un charmant artiste à la voix prenante, un homme de métier, un monsieur bien renseigné, pour lui demander ce qu'il sait sur l'intimité de Rudolph Francis. Je pense que cet as pourrait peut-être, ainsi, faire avancer son enquête à pas de géant. Mais comme j'ai affaire à un pauvre poulet sans éducation, sans flair et sans intuition, j'aime mieux aller me coucher. Bonsoir.

J'avais préparé mon coup.

Ça n'a pas raté. Il m'a fait rasseoir d'un geste brusque :

— Jo, t'en as trop dit. Tu sais quelque chose. Parle. T'es des nôtres, tu le sais.

Chadal aussi était nerveux.

Il murmurait en parlant de moi :

— Ah ! celui-là ! Il va bientôt prendre la direction de l'affaire si ça continue.

— Il fait soif, que j'ai insinué.

Une minute après, trois nouvelles fines à l'eau étaient sur la table.

J'en avais pas encore bonni une, mais je sentais mon Lambert agacé au suprême degré.

J'ai pris mon temps et puis j'ai raconté mon histoire :

— J'ai connu Rudolph Francis alors qu'il n'était pas encore la grande vedette d'aujourd'hui. C'était à Bobino, il y a cinq ans. On était dans le même programme. Moi, en tête d'affiche. Lui en vedette américaine. Il a grimpé. Moi, j'ai baissé. C'est la vie. Il commençait à se faire un nom. On le recherchait pour les enregistrements. Ses disques se vendaient beaucoup. Déjà les belles crémières, les jeunes charcutières et les petites midinettes l'attendaient à la sortie. Il en rigolait. Nous avions nos deux loges l'une à côté de l'autre. A l'entracte, il me faisait ses confidences. Il me racontait ses projets. Il venait d'être engagé pour jouer une grande opérette au théâtre de l'Empire. Il pensait que ça allait le lancer... Il n'avait pas tort. C'est de là qu'il est sorti définitivement et qu'on se l'est arraché de tous les côtés. Il me racontait aussi ses aventures sentimentales. Rien d'extraordinaire dans son existence de ce côté-là. Des amourettes sans lendemain, avec des admiratrices gentiment fringuées et pas trop godiches.

» Pourtant, me confia-t-il, un soir, il avait décidé de se marier. Mais en douce. Sans faire de bruit, sans apparat. Toujours à cause du métier et de ces salopes de gonzesses qui vous cavalent après. Faut pas refroidir la clientèle. Il avait trouvé la femme idéale. Oh ! pas une princesse, pas une femme de la haute. Non, une petite vendeuse aux Galeries. D'une confidence à une autre, il m'avoua que dès qu'il serait marié, il liquiderait la famille de la gosse parce que ses parents, me dit-il, ne sont pas très reluisants. Elle n'avait plus que son père et un frère. Genre : manœuvres à l'occasion et portés sur le liquide en permanence. Le gros rouge de préférence. « Dommage, disait-il, la fille est adorable. Rien à voir avec les parents. » On s'était quittés après nos quatorze jours de contrat, en se promettant de se revoir et en souhaitant de se retrouver encore dans un même programme... et puis, c'est comme ça dans le métier, on reste des années sans se rencontrer. Cependant, j'ai appris son mariage avec la gosse en question quelques mois après. Comme ça, au flan. Lors d'un cocktail offert par une grande maison d'édition à l'occasion du cinquantenaire de sa fondation. On s'est vus entre deux portes, entre deux dry.

» — Alors, que je lui ai dit. Marié ? Content ? Et la famille ?

» — Impossible, me confia-t-il. Mais je n'ai épousé que la fille et non pas le père et le frère... Ils ont compris. Ils sont virés. D'ailleurs, ils habitent Poissy et moi Montmartre. On ne risque pas de se rencontrer. Je ne les vois jamais, ces ivrognes. Je suppose que ma femme leur envoie un peu d'argent de temps en temps, mais je fais celui qui ne voit rien dans les comptes. Trop heureux de ne pas recevoir mon beau-père et son fils qui, entre nous, ne peuvent pas me sentir.

» Voilà, mon vieux Lambert, ce que je voulais t'apprendre.

Sur ces mots, j'ai plongé le nez dans mon verre, pour cacher une envie de me marrer.

Lambert m'a regardé fixement :

— Ne fais pas le con et dévide ton chapelet. Tu sais encore quelque chose et tu nous fais languir...

— Oui, ai-je dit avec un faux air innocent. Oh ! ça n'a peut-être pas tellement d'importance. Voilà : quand ils ne sont pas en train de se les rouler ou de cuver une cuite, le père et le frère en question travaillent dans les carrières. Drôle de boulot. S'agit de faire sauter des blocs de pierre à la dynamite... Moi, j'aimerais pas ça...

— Salaud ! m'a hurlé Lambert, tu ne pouvais pas me dire ça plus tôt...

Du coup, il a payé les consommes...

# XII

De ma vie, je n'ai jamais vu un enterrement pareil. Parole, on aurait cru des obsèques nationales. Manquait la musique militaire et les rallonges d'artillerie, bien sûr : mais pour le reste, quelle cohue !

Depuis la place Victor-Hugo jusqu'à la gare de Ceinture, c'était noir de monde.

Pour arriver jusqu'à la maison mortuaire, il fallait jouer des coudes.

Tout Cabotinville était là.

Pauvres artistes !

Ils avaient été obligés de se déhotter du plumard plus tôt qu'à l'accoutumée.

On en voyait, ceux qui jouaient la veille au soir, qui avaient encore des traces de fond de teint près des tempes, ou dans le sillon des narines. Ils avaient dû se coller un coup de serviette en vitesse, enfiler leurs pompes et rappliquer en quatrième pour ne pas rater la parade.

Tous tenaient un journal à la main. Un journal où s'étalait, en caractères gras, sur cinq colonnes : ASSASSINAT DU TÉNOR DE LA GAÎTÉ.

Avec des sous-titres prometteurs, genre *France-Soir :*

*Quelle malédiction s'abat sur nos vedettes ?*

*L'assassin de Francis est-il le même que celui de Manola ?*

*Deux ténors abattus en quatre jours... C'est l'art français qui est menacé.*

*Le monde du spectacle est en deuil.*

*Nos gloires de la chanson française victimes d'un lâche tueur.*

... Et un tas d'autres phrases plus sensas les unes que les autres.

Ça jacquetait dur dans la foule.

Le drame de la veille au soir avait tendance à relayer au second plan l'assassinat de Camille Manola.

Pourtant, c'était pour lui que tout ce monde-là était venu.

Il faisait encore plus recette mort que vivant...

J'ai essayé de me frayer un passage jusqu'à son domicile. Sous la porte cochère, drapée d'une superbe tenture noire avec un M en argent, le cercueil reposait sur un catafalque.

Des grands cierges de tous les côtés. Des fleurs, des fleurs... des tombereaux de fleurs.

C'était Margellin, sûrement, qui avait ordonné cette dernière mise en scène.

Sur les rubans, peu d'inscriptions de famille. A part : *A mon frère chéri,* et une autre *A notre bien-aimé cousin.*

Tout le reste, c'était des : *A mon ami regretté, A notre cher ami, A notre ami irremplaçable, A notre interprète et cher camarade, A notre meilleur camarade...* etc, etc.

Il y avait la couronne offerte par le personnel du Châtelet, sans oublier celle envoyée par le club féminin des Manolistes et une splendide croix, en orchidées, avec cette inscription : *Au meilleur des ténors des temps modernes...*

Ce qui faisait faire la gueule aux autres charmeurs qui étaient dans la foule.

Moi, je reniflais la combine.

C'était le Margellin qui avait manigancé toute cette comédie. Il était fidèle à son grand patron et ami jusqu'à la fin. Il avait dû sentir passer la facture.

Après tout, il pouvait payer. Sûr qu'il était sur le testament et qu'il allait se sucrer. Si ce n'était déjà fait... Parce que, resté seul à la maison, il avait dû faire une drôle de razzia sur les billets et les lingots.

Toujours des taxes de moins à payer au fisc.

Toutes ces pensées me traversaient le crâne tandis que je suivais la foule pour signer le livre disposé sur une table noire, sous la porte cochère.

Au passage, je serrais les mains d'un tas de crabes que j'avais perdus de vue depuis des années.

Les grandes vedettes faisaient bande à part. En ayant soin, comme il se doit, de se faire admirer par la foule et repérer des journalistes.

Il y avait là notre grand fantaisiste, qui, à soixante-dix piges, veut encore jouer les gamins.

— Paraît qu'il a cinq cents briques de côté, me glissa une voix dans l'oreille...

C'était Godard, le secrétaire d'un vague syndicat d'artistes qui devait compter dans les vingt-cinq à trente adhérents. Le type du mauvais cabot raté et aigri, ce Godard.

Je lui ai fait un vague sourire pour lui laisser comprendre que je le savais.

Il ajouta :

— Il veut pas dételer, le grand prétentieux. Paraît qu'il a une crise de neurasthénie chaque fois qu'il voit un autre nom que le sien sur les journaux. Même s'il s'agit d'un boxeur, d'un coureur cycliste ou d'un gangster. Lui... ! Il ne connaît que lui ! Pire que Sacha, c'est moi qui te le dis ! Quand il a pas vu son blaze dans la rubrique théâtrale, pendant huit jours, il fait passer des communiqués pour informer le public, qui s'en fout royalement, qu'il revient de faire une série de galas au Groenland ou à La Pointe-à-Pitre... tu parles comme on peut vérifier ?

Il haussa les épaules et lança un jet de salive, dans un petit espace vide. On avançait au ralenti.

Tous ces gars qui venaient signer pour montrer leur estime, leurs bons sentiments envers un collègue disparu... c'était pas touchant ? Dommage que, sur leurs gueules, on lût la joie sadique d'en voir, enfin, un de moins sur les affiches. Un dont on ne parlerait plus.

Godard me toucha du coude.

— Bigle un peu le chanteur foufou... encore un qui la soigne, sa publicité. Il a des trucs inédits, celui-là. Un jour, il fait passer un écho annonçant qu'il vient d'être tué dans un accident d'aviation, huit jours après il ressuscite pour claironner qu'il va épouser une lesbienne notoire, après quoi il fait savoir qu'il a l'intention d'acheter le château de Chambord pour le transformer en music-hall. Le plus marrant, c'est que le public marche. Il paraît que le grand prétentieux en est jaloux à crever. Il veut faire ses chansons lui-même. Comme l'autre. Alors, il s'est acheté un dictionnaire de rimes et la méthode Carpentier. Je te jure que c'est la vérité.

— Possible, que je lui ai dit, laconique.

Il ne m'apprenait rien. Tout ça, bien d'autres choses encore, se colportent d'oreille à oreille dans notre profession.

— T'as vu le Roumain, qu'il m'a encore dit.

Cette fois, il parlait d'un de nos directeurs... Une peau de vache qui les lâche avec un élastique, emmerde tous ses pensionnaires et s'est trouvé, sur la fin de ses jours, une vocation de compositeur... Pas tellement parce qu'il aime la musique, mais parce qu'il reprend à la Société des auteurs les droits qu'il est obligé de payer comme directeur.

— Celui-là, quand il dévissera, il y aura bal au carrefour Drouot, c'est moi qui te le dis, me murmura Godard.

J'ai fini par lui lancer :

— Passe la main. Tu me fais mal aux seins. J'en connais plus que toi et je me tais.

J'ai avancé de deux rangs, en profitant d'une légère bousculade.

Entre les groupes d'artistes, il y avait aussi des inconnus. Du brave public, qui venait là comme il était venu au théâtre pour voir le Manola. Seulement, cette fois-ci, c'est pas lui qui allait chanter, mais les chœurs spécialement commandés par Margellin, avec accompagnement de l'organiste de Saint-Honoré-d'Eylau. Encore un beau spectacle... et... gratuit... Pour ceux qui auraient la chance d'entrer à l'église.

J'avais préparé mon plan.

Je suivrais le convoi, en regardant bien toutes les physionomies connues, et les autres, et une fois arrivé devant l'église, je mettrais les bouts.

En attendant, j'ouvrais les esgourdes.

Manola... Francis.. Francis... Manola... Assassinat... Deux ténors en quatre jours... On n'entendait que ça...

Enfin, j'arrivai devant la table.

Un croque-mort, ganté de noir, me tendit un crayon Bic et me dit d'une voix grave :

— Monsieur peut signer sur l'autre page.

Cette voix ?

Je regardai le bonhomme... Merde ! C'était Lambert.

Je me suis mordu les lèvres pour ne pas éclater.

J'ai signé rapidement, je lui ai lancé un coup d'œil complice et je me suis retourné pour prendre le goupillon des mains d'une chanteuse comique qui me précédait.

Un, deux, trois... J'ai aspergé les restes du ténor.

Je pensais qu'on avait dû foutre les morceaux n'importe comment dans la boîte, l'estomac avec des doigts de pieds, un rein avec une épaule...

Qui sait si on n'avait pas oublié un bout de bidoche à l'Institut médico-légal ?

Cependant, on arrivait à la fin des signatures.

L'ordonnateur faisait signe qu'on devait arrêter le flot des admirateurs de la dernière heure.

La messe était prévue pour onze heures... Fallait décarrer.

Je me suis collé sur le trottoir d'en face.

Justement, dans un groupe de photographes qui fusillaient toutes les vedettes présentes. J'ai essayé, par deux fois, de me mettre dans le champ, mais nib, l'objectif n'était pas pour mézigue.

Les autres se poussaient pour être au premier rang.

Il avait raison, Lambert... C'était une ressucée de

la kermesse aux étoiles. Ote-toi de là que je m'y mette.

Le convoi mortuaire s'est amené lentement.

Il avait bien du mal à se placer, avec toute cette foule. Enfin le chauffeur a pu stopper devant le catafalque.

Quatre bonshommes ont porté le cercueil jusque dans la voiture. Pendant ce temps, d'autres, parmi lesquels j'ai reconnu mon cher poulet, alias docteur Lambertin, chargeaient les couronnes sur d'autres bagnoles, voire sur des taxis.

En cette matinée ensoleillée de fin mai, ça reniflait bon les roses et les œillets.

Ma parole, on se serait cru encore au Châtelet, tant la mise en scène était de première.

Tout ce micmac a bien duré un quart d'heure.

Enfin, l'ordonnateur a fait signe qu'on pouvait démarrer.

J'ai regardé attentivement le cortège qui suivait. Au premier rang le frère : Antoine Manola. Visage sérieux, mais l'œil sec. Tout de noir vêtu. A son côté le Margellin très ému, reniflant pour remonter une larme. Un autre gnard, que je connaissais pas, mais qui devait être de la famille, puis une vague cousine de province, voile noir, mais foutue comme quatre sous. Genre pedzouille. Puis encore une vénérable dame qui, paraît-il, était une vieille tante...

Une vieille tante à l'enterrement de Manola... Inévitable !

Après les voitures de fleurs et de couronnes, les amis... ou, enfin, soi-disant tels ! Mettons les camarades.

La direction du Châtelet au complet. Quelques grands directeurs de théâtres parisiens. Puis la cohorte des vedettes. Se tenant tous du côté droit de la rue… tiens ! tiens !… Pourquoi ?

J'ai tout de suite eu le mot de l'énigme. Un gars de la Télévision était sur le trottoir, monté sur une échelle. Il filmait le cortège. Pour passer aux actualités, le soir même.

Alors les crabes voulaient être au premier rang. Ils ralentissaient, souriant à un être invisible, se redressaient, essayaient de s'arrêter un instant pour être bien certains d'être pris par l'appareil. Beau travail… Bonne publicité.

J'ai allongé le pas. Je voulais dire un mot à Bourgade qui se tenait dans le groupe du personnel du Châtelet.

Il avait l'air salement décollé, le pauvre vieux. Je ne pensais pas que la perte de ce ténor l'affecterait à ce point.

Il m'a dit bonjour, distraitement.

— Ça ne va pas, vieux ? Tu as l'air épuisé ?

Il m'a regardé d'un œil éteint.

— Dans un mois, m'a-t-il dit, c'est moi qui serai devant.

— T'es pas marrant, ce matin, que je lui ai rétorqué.

— Je suis en pleine crise, m'a-t-il avoué. Mon angine de poitrine…

Moi qui le croyais douloureusement chagriné… Oui, il l'était, mais sur lui-même… Sur son propre sort…

J'ai rétrogradé.

Je me suis trouvé, un instant, à côté du grand prétentieux.

Il m'a jeté un regard condescendant.

— Tiens, Jo ! Bonjour… Que deviens-tu ?

Ce disant, il m'a tendu quatre doigts, mous comme une vieille lavette.

Type du grand seigneur blasé qui veut bien accepter les hommages d'un ver de terre.

Je lui en ai foutu plein la vue... Histoire de le mettre en boîte.

— Je reviens de Londres où la reine Elisabeth m'a demandé pour un gala à la Cour, puis je pars à Moscou chanter au Kremlin et, de là, je vais à Hollywood, tourner pour la Metro Goldwin... Oh ! une toute petite affaire, trente millions pour quatre semaines. Mais, que veux-tu, il faut bien vivre !

Ce grand con, il en a été soufflé.

J'étais déjà dix mètres en arrière...

J'ai encore suivi le cortège un bout de chemin. Je n'avais rien vu d'extraordinaire... Rien entendu d'intéressant.

Arrivé en vue de l'église, j'ai viré sur ma gauche, j'ai pris un petit passage qui m'a mené rue de la Pompe... et de là, j'ai regagné mon home, non sans m'être arrêté au Monte-Carlo... Pour tâcher de faire passer, avec un quart Vichy, la nausée qui me tenait depuis le début de ce cirque.

# XIII

Etre vieux garçon, ça a ses avantages et ses inconvénients.

Je m'en suis rendu compte en déjeunant.

J'ai été me taper la cloche dans un petit restau de la rue Brey. Je suis un habitué. Le patron est gentil. La cuisine est bonne. Les prix sont raisonnables… et puis (en guise de prime) la serveuse m'honore de ses faveurs quand je n'ai pas trouvé d'autre âme sœur.

Bien sûr, quand je tenais le haut du pavé, j'avais des gonzesses autant que j'en voulais. Même plus.

Des chouettes… Un peu marquées parce que mon genre inspirait plutôt la femme de trente-cinq carats que la mignonnette.

C'étaient, quand même, des pépées bien roulées et surtout bien fringuées.

Paraît qu'en scène, je donne l'impression d'un amant qui a beaucoup souffert. D'un incompris. D'un grand rêveur.

Les femmes adorent ça. Surtout celles qui sont mal mariées. Et il y en a !

Ou plutôt, il y en avait.

Aujourd'hui, je dois me contenter de ce que je trouve. Par-ci, par-là, une ancienne ; mais, plus souvent, une bonniche pas trop mal balancée, qui se laisse subjuguer par l'attirance des planches, mes tempes argentées, et ma voix langoureuse.

La serveuse de mon restau s'appelle Clarisse. Qu'est-ce qu'elle a ? Vingt-huit piges au maximum. Pas casse-pieds pour deux ronds. Je la vois quand je ne sais plus à quel sein (?) me vouer.

Je suis donc allé à mon petit restau habituel.

J'avais fait une bonne provision de journaux. Y compris la dernière édition d'un journal du soir qui annonçait déjà :

*Une foule recueillie s'est retrouvée derrière le cercueil du grand ténor Manola.*

Tu parles d'une foule recueillie !

Des acteurs qui discutaient sur leurs prochains contrats, qui s'en jetaient plein la vue, des directeurs qui s'interrogeaient sur leurs projets de la prochaine saison et des crabillons qui se demandaient comment ils pourraient arriver à faire patienter le boulanger et le boucher jusqu'à la fin du mois.

Clarisse m'avait fait son beau sourire, en prenant la commande.

Pendant le repas, j'ai lu mes grands menteurs.

Sur les deux drames, tout avait été dit. Ils ne m'apprenaient rien. Je me suis rabattu sur la rubrique théâtrale.

La Gaîté annonçait qu'elle fermait ses portes pendant trois jours, en signe de deuil, et qu'elle rouvrirait le samedi suivant avec la doublure de Rudolph Francis, le célèbre Guy Martel.

La direction lui donnait déjà du « célèbre » ! C'était plus prudent, et ça sauverait les recettes.

Quant au Châtelet, il informait son aimable clientèle que la « générale » était remise au 20 mai. Le rôle de l'officier de marine serait interprété par Lucien Berinas, un espoir de la chanson française (sic). Quant aux autres rôles, ils seraient tous tenus par leurs titulaires.

Là-dessus, on vantait le talent de la première chanteuse, Jacqueline Brazier, à la voix d'or, et la *vis comica* du « rigolo maison », Hector Plesant, celui qui avait fait rire Marcel Aymé.

J'en conclus que l'établissement, n'ayant pu trouver un ténor de premier plan pour reprendre le rôle de Manola, s'était rabattu sur sa doublure et que toute la publicité allait s'orienter sur la vedette femme.

Après tout, c'était le seul moyen de sauver les meubles.

Le malheur des uns fait le bonheur des autres.

Le Mogador et la Porte-Saint-Martin annonçaient, modestement, leur trois-centième avec tous les créateurs.

J'ai fini de déjeuner à deux heures.

Je n'avais rendez-vous, à la P.J., qu'à quatre heures trente. J'ai fait traîner mon café. Puis mon pousse-café. A trois heures, j'ai embarqué Clarisse qui avait compris que j'avais besoin de tendresse. Je lui avais susurré :

— Viens, je te ferai voir ma collection de porcelaines argentines.

Mais elle avait rigolé en me disant :

— Change de disque, celui-là, je le connais.

Ça ne l'a pas empêchée de m'accompagner. Le patron se doute bien que je m'envoie la fille, mais il fait comme s'il ne savait rien. Il ne tient pas à perdre un client.

Entre nous, je suppose que je ne suis pas le seul à culbuter la gosse. Aucune importance. Je ne suis pas jaloux.

Dans la chambre, je lui ai prouvé la supériorité des barytons sur les ténors. J'étais en forme.

Elle aime ça, la belle. Elle a une façon de fermer les yeux quand elle prend son plaisir qui m'a toujours intrigué.

Ce jour-là, j'ai eu la curiosité de lui demander pourquoi elle baissait les châsses quand elle partait pour la grande balade.

La curiosité est un vilain défaut.

Je m'en suis rendu compte.

La môme est franche.

— C'est que je m'imagine, m'a-t-elle répondu, comment ça serait avec un autre partenaire. La première fois, j'ai pensé à Manola, la deuxième fois à Rudolph Francis.

J'en suis resté souflé.

Ces salauds de ténors... Ils me trompaient, même après leur mort !

# XIV

Près de deux heures, qu'il a duré, l'interrogatoire de la belle Evelyne.

Je croyais qu'elle ne lâcherait jamais le morceau. Mais le gars Lambert est patient. Il finit toujours par savoir ce qu'il veut savoir.

Donc, à quatre heures trente pétantes, je me suis présenté au bureau 120, troisième étage, P. J., quai des Orfèvres.

Mes deux poulets m'attendaient.

Lambert m'a flanqué, en signe d'amitié et de confiance, une de ces bourrades maison dont il a le secret.

Un coup à vous mettre au lit pour huit jours.

Heureusement que je suis costaud et que je prévois le coup chaque fois. Tel le roseau, je plie, mais ne romps pas.

Il m'a fait enfiler une blouse blanche, je me demande pourquoi, puis il m'a installé à un bureau, la tête tournée contre le mur.

Je faisais une sale gueule... Je me disais : « J'entendrai mais je ne verrai rien. »

Lambert savait ce qu'il faisait. Il a été chercher une glace portative, avec chaînette, qu'il a posée à un clou, juste à la hauteur de ma tête !

— Comme ça, m'a-t-il dit, tu pourras voir la bouille de la pépé, car je vais la faire asseoir dans ce fauteuil, juste dans l'axe de ta portée visuelle.

Il a éclaté de rire :

— Tu en trouveras des copains comme moi ! Tu vas la contempler à ton aise. Quant à elle, elle ne verra que tes tifs de vieux cabot démodé.

Ses bobards m'amusent toujours et me laissent frigo.

La fille a rappliqué à cinq heures pile.

Vraiment, c'est du chouette. J'ai pu m'en rendre compte. Une robe en tissu imprimé, un grand chapeau blanc sur ses cheveux légèrement roux, une étole de vison, quoiqu'il fît un temps plutôt chaud, un parfum très discret qui devait venir de la grande maison, de jolies petites chaussures blanches assorties à son chapeau et à son sac, des gants en dentelle, bref tous ces menus détails qui dénotent la poule de luxe.

Pas du tout gênée lorsque les deux poulets se sont présentés et se sont excusés de l'avoir dérangée.

Lambert, d'un geste vague, m'avait désigné en disant :

— Un secrétaire.

Je n'avais pas bronché. Pas levé la tête. Evelyne n'a pas fait attention à moi.

Ils la firent asseoir, comme convenu, dans un fauteuil qui se trouvait dans l'axe de ma glace.

Toujours souriante, elle prit place et se croisa les jambes.

Quelle vision d'art ! Je pouvais me payer, drôlement, un jeton de voyeur. Je comprenais que le frère du ténor soit pincé et veuille l'épouser. Un vrai morceau de roi.

Je fus ramené à la réalité par la voix de ce vieux Lambert.

— Nous nous voyons obligés, et nous en sommes désolés, dit-il en prenant un ton Régence, de vous demander votre identité, nom, prénoms, votre âge, votre adresse…

— Aucune importance, reprit-elle d'un air enjoué ; trop heureuse de vous être agréable. Voilà tout ce que vous désirez savoir : je m'appelle Evelyne Verjois, j'ai vingt-quatre ans, je suis née à Montélimar, le pays du nougat, et j'habite boulevard Flandrin, au 16.

Puis, avec un sourire charmant, elle se tourna vers Chadal et lui dit simplement :

— Monsieur peut confirmer l'exactitude de mon domicile puisqu'il est venu chez moi pour me rendre un parapluie qui ne m'appartenait pas.

Fortiche, la pépée.

Chadal et Lambert n'ont pas pipé, mais j'ai compris au silence qui a suivi cette déclaration qu'ils venaient de se rendre compte que l'adversaire était de première classe.

Chadal a commencé :

— Comment avez-vous su que c'était moi qui m'étais présenté à votre domicile ?

— Ma mère m'a donné de vous un signalement tel que je vous aurais reconnu dans la foule.

— Mes compliments, mademoiselle, plaisanta Lambert. Vous auriez fait une excellente détective.

— J'ai beaucoup lu la Série Noire, confia-t-elle, en souriant.

Elle semblait très sûre d'elle-même.

Lambert reprit le dialogue :

— Nous aurions voulu savoir si votre maman, ou

vous, n'aviez pas aperçu à proximité de vos places, le soir de la « générale » du Châtelet, quelque personnage suspect, puisque le coup de feu qui a été tiré sur ce grand ténor provenait précisément du côté où vous aviez pris place.

— Personnellement, je n'ai rien remarqué d'anormal et, dans les vivats qui ont accueilli l'entrée de Camille, je n'ai même pas entendu le claquement de la détonation.

— Peut-être, insinua Lambert, votre maman pourrait-elle nous fournir de plus amples renseignements ?

— Vous savez parfaitement que ce n'était pas ma mère qui m'accompagnait.

— C'est M. Antoine qui nous a dit...

Elle trancha net :

— Oui. Antoine vous a dit qu'il m'avait offert ses deux invitations. Il m'avait conseillé d'en faire profiter ma mère. Mais ce n'était pas elle qui se trouvait à mon côté.

Décidément elle marquait des points.

Toujours aussi vive et désinvolte, elle enchaîna :

— Maman a dû vous informer que j'avais décidé d'inviter une de mes amies : Josette Langlais ?

Chadal pinça les lèvres. Il avait l'impression que la fille allait s'enferrer.

Pas du tout.

— Malheureusement, ce n'est pas M^lle^ Josette Langlais qui m'a tenu compagnie ce soir-là, contrairement à ce que vous avez pu croire lorsque vous lui avez présenté ce fameux parapluie qui ne nous appartient ni à l'une ni à l'autre.

— Parce que vous savez ?

— A notre époque, on sait tout rapidement, surtout quand on a le téléphone.

Tout cela était dit avec une telle assurance, une telle tranquillité d'esprit que je ne savais plus quoi penser.

J'avais l'air de prendre des notes, de recopier un quelconque rapport, mais je transpirais du bonnet et je ne pensais même plus à reluquer les cuisses de la belle Evelyne.

La fille n'attendit pas de nouvelles questions.

C'est elle qui fournit les explications.

— Mon ami, M. Antoine Manola, m'a offert les deux fauteuils de balcon que le secrétaire de son frère lui a fait parvenir. Invité à dîner, depuis déjà quinze jours, chez des amis à lui, il ne pouvait, ni ne voulait, utiliser ces deux places. C'est alors que je lui dis que j'assisterais volontiers à cette représentation avec ma mère. En réalité, j'avais résolu d'en faire profiter une autre personne. J'ai d'abord pensé à en faire bénéficier mon amie Josette, mais celle-ci — elle a dû vous le dire — a un flirt assez poussé avec un jeune homme du meilleur monde. Pour le rencontrer, elle prétexte auprès de ses parents des sorties avec moi. Elle m'a donc priée, ce soir-là, de faire semblant de venir la chercher pour aller au Châtelet et de lui laisser sa soirée libre pour rencontrer son amoureux. Ce que j'ai fait. Voilà, messieurs, l'exacte vérité et je ne vous apprends rien que vous ne sachiez déjà.

C'est alors que commença la corrida.

Lambert adopta un ton plus sévère.

— Ce que vous venez de nous dire confirme tout ce que nous savons. La chose qui nous intéresse, maintenant, est de connaître le nom de la personne qui vous accompagnait. Je ne doute pas un instant de votre spontanéité pour nous le faire savoir.

Là-dessus, mutisme complet.

Lambert renouvelle sa question.

La fille ne répond toujours pas.

Lambert se fait aimable, insinuant.

— Un homme ? Une femme ?

Silence sur toute la ligne.

Il revient à la charge.

— En ne répondant pas à cette demande, vous laissez, mademoiselle, s'établir des présomptions assez graves sur le personnage qui était à vos côtés.

Explosion de la belle Evelyne.

— Inutile de chercher à savoir. Tout ce que je peux vous affirmer, c'est que cette personne et moi n'avons rien vu qui puisse vous intéresser.

Ce duel oratoire a duré une bonne demi-heure.

C'est alors que Lambert a fait donner sa grosse artillerie.

— Nous avons tout lieu de penser qu'il s'agit d'un homme. D'un homme avec lequel vous auriez des rapports assez intimes.

Evelyne, la bouche pincée, continuait de garder son air mystérieux.

Lambert, sans désemparer, reprit :

— Et nous supposons, à juste raison, nous semble-t-il, que c'est ce même monsieur qui vous a donné rendez-vous à la Gaîté-Lyrique pour voir sauter ce deuxième ténor : Rudolph Francis. Triste coïncidence.

A ce moment, le visage d'Evelyne, que j'observais intensément, décela un véritable désarroi.

Toujours très décontracté et ironique, Lambert poursuivit :

— Avez-vous pensé, mademoiselle, que si ce monsieur était arrivé à l'heure, avant-hier soir, vous auriez pu, tous deux, faire partie de la liste des victimes ? Avez-vous songé au chagrin que nous aurions, aujourd'hui, si, au lieu de vous avoir ici près de nous, bien fraîche et bien éveillée, nous avions lu dans les journaux, parmi les noms des morts ou blessés graves, ceux de Mlle Evelyne Verjois et de M. X... ? Vous avez certainement réalisé tout cela bien avant nous puisque, au coin de la rue Sainte-Apolline, très exactement, vous avez fait la réflexion à votre partenaire que « pour une fois » son retard lui était bénéfique. Ce qui laisse supposer que ce monsieur est souvent en retard.

Ce salaud de Lambert utilisait mes renseignements. Cela avait porté.

Evelyne était troublée. Ses narines frémissaient. Quelques gouttes de sueur perlaient à ses tempes.

Toujours avec la même désinvolture, Lambert continua.

— Que vous nous disiez, ou ne nous disiez pas, le nom de cet individu, n'a pas une très grande importance. Nous le saurons avant vingt-quatre heures. Oh ! nous n'irons pas enquêter au petit bar-tabac de la Scala où vous avez été vous installer aussitôt après le lâche assassinat de Rudolph Francis. Nos moyens sont autres et, quand même, plus efficaces. Mais nous aurions aimé n'avoir pas besoin de recourir à ces extrémités. Fatalement, lorsque nous aurons l'identité du bonhomme, nous serons obligés de le convoquer ici. De le confronter avec vous. De savoir par quel mystérieux hasard il a, en votre compagnie, assisté à l'assassinat de Camille Manola et, trois jours plus tard, à celui de Rudolph

Francis. Il y a là une coïncidence qui ne peut vous échapper et qui sera exploitée par les journalistes toujours à l'affût de scandales, car vous pensez bien qu'il nous faudra les mettre au courant de ces faits curieux et troublants.

Maintenant, la sueur coulait à grosses gouttes sur le front de la belle Evelyne.

Chadal relaya son camarade.

— Puisque mademoiselle n'a rien à nous dire, je pense qu'il est inutile d'insister et je vais me permettre, chef, de l'accompagner jusqu'à la grande sortie, de crainte qu'elle ne se perde dans les couloirs de l'administration.

Ce disant, il fit mine de se lever et d'aller ouvrir la porte.

Alors Evelyne se décida.

— Soit, messieurs, je vais tout vous dire.

J'étais haletant. Lambert affichait son air de triomphe et Chadal se pourléchait les babines.

— Le monsieur qui m'accompagnait au Châtelet lors de la soirée tragique, et qui est venu me retrouver à la Gaîté-Lyrique, le soir de l'assassinat du ténor, s'appelle Manuel Canelli. D'origine italienne, il exerce la profession de photographe. Je l'ai connu au casino de Cabourg, il y a un an environ. Juste un mois avant de faire la connaissance d'Antoine Manola. Je suis devenue la maîtresse de l'un et de l'autre. Manuel me plaisait. Il dansait bien. Il était beau garçon et avait beaucoup de succès féminins. Cela m'a amusée de le ravir à toutes ces filles qui lui couraient après. Nous avons échangé un grand nombre de lettres. Ç'a été mon tort. Après un mois de folle passion, je me suis rendu compte de tout ce que cet homme avait de factice et de vain.

C'est alors qu'Antoine Manola est entré dans ma vie. Ce dernier, plus simple, plus pondéré, m'a plu infiniment.

Elle leva les yeux au ciel, soupira profondément puis, à mi-voix, comme si elle se parlait à elle-même, émit cette réflexion :

— Pourquoi ne m'est-il pas apparu un mois plus tôt ?

Cette grande fripouille de Lambert prit alors l'air et le ton d'un vieux philosophe :

— Nous avons tous connu, dans notre existence, des situations semblables. Un mois, une semaine, quelquefois même une heure de décalage dans notre vie aurait pu changer complètement notre destin.

J'ai eu envie de me marrer, parce que Lambert énonçant ces vérités premières, ça valait dix.

Je continuais à faire semblant de griffonner.

Evelyne, après un autre gros soupir, reprit le cours de ses confidences.

— Antoine Manola m'a fait une excellente impression. Il ne m'a pas brusquée pour que je devienne sa maîtresse. Il m'a laissé comprendre qu'il serait désireux, un jour, de mettre un terme à sa vie de garçon, mais qu'avant de prendre femme il voulait s'entourer de garanties, étudier le caractère de celle qui partagerait son foyer, connaître ses habitudes, ses goûts. Nous avons dansé plusieurs fois ensemble, nous faisions un couple très regardé. Manuel en prit ombrage. Quoique d'un caractère volage, il se montrait jaloux. Cependant, la saison des vacances touchait à sa fin. J'ai pris rendez-vous avec Antoine Manola à Paris. Ce qui devait se produire s'est produit. Un mois plus tard, je lui appartenais. J'avais compris que c'était l'homme qui jouerait un rôle dans ma destinée. Effectivement, il m'a proposé, oh ! il n'y a pas très longtemps, de devenir sa femme. Pourtant, Manuel, que j'avais essayé d'évincer, se montrait sous son véritable jour. Brutal, méchant et disposé à me nuire. Fort des lettres que je lui avais envoyées, il m'a menacée de les faire parvenir à Antoine Manola, si je ne rompais pas avec ce dernier. Je vous passerai toutes les scènes qui nous ont dressés l'un contre l'autre. Cynique, il m'a fait comprendre qu'il me rendrait mon courrier si je mettais une assez forte somme à sa disposition. Depuis six semaines, nous sommes en discussion sur ce sujet. Il me promet, un jour, de me rapporter ces missives, un autre jour, il m'avoue qu'il en a dressé des photocopies qu'il garde précieusement dans son magasin du boulevard Raspail, à côté d'autres documents importants du même genre, susceptibles, m'avoue-t-il en ricanant, de lui assurer une vieillesse heureuse et des rentes jusqu'à la fin de ses jours...

Elle s'interrompit pour passer la main sur son front.

— Ce vilain coco est un petit maître chanteur, fit remarquer Chadal d'une voix gamine.

Lambert affichait, maintenant, un visage très décontracté ; il respirait la bonhomie.

— Pourquoi ne vous êtes-vous pas adressée à nos services ? Nous nous serions fait un devoir de vous débarrasser de ce peu recommandable personnage.

— J'ai craint qu'il ne mette ses menaces à exécution. Qu'il alerte Antoine et ne brise notre projet matrimonial.

— Pourtant, vous n'avez pas hésité à lui donner

rendez-vous au Châtelet, un soir de « générale ». Curieux, ça !

— Justement, cette façon de se montrer en public ne pouvait, si toutefois lui ou moi étions reconnus, donner lieu à des suppositions désobligeantes. D'ailleurs, ce jour-là, à la suite d'un coup de téléphone, il m'avait promis formellement d'en terminer avec ces histoires de lettres. Il avait ajouté qu'ayant des besoins financiers extrêmement urgents, il me rendrait tous mes documents si je pouvais lui remettre, le soir même, une somme de cent mille francs. Je n'ai pas hésité, à ce moment, à lui fixer rendez-vous au Châtelet où nous pourrions faire cet échange pendant le spectacle sans que personne ne fasse attention à nous.

— Et alors ? Il vous les a remises, ces lettres ?

— Non pas. Le drame a été trop rapide, nous avons discuté à voix basse, mais cependant avec assez de véhémence, à tel point que des spectatrices nous ont crié : « Silence ! » Nous avons attendu un moment plus propice. Et ç'a été la fin tragique de celui qui devait devenir mon beau-frère. Dans le tumulte qui a suivi ce meurtre, dans la bousculade qui a porté les gens vers la sortie, nous nous sommes perdus de vue. Je ne devais revoir Manuel qu'hier soir devant la Gaîté-Lyrique.

Avec une pointe sarcastique, Lambert lui fit alors cette remarque :

— Vous ne trouvez pas bizarre le fait que vous vous soyez retrouvés, ensemble, encore une fois, pour assister à l'assassinat d'un autre ténor ? Vous n'aviez pas de fauteuils réservés pour cette représentation, je suppose ? Ou bien, avez-vous cette manie que je qualifierai d'extrêmement originale, de fixer vos rendez-vous dans les théâtres d'opérette ?

Evelyne ne releva pas cette ironie, elle fouilla dans son sac, et en sortit une lettre qu'elle tendit à Lambert.

— Voilà qui vous expliquera.

Chadal s'approcha. Lambert l'arrêta d'un geste.

— Vous permettez, dit-il, que j'en fasse bénéficier mon collègue ?

Ce disant, il extirpa la lettre de son enveloppe, me jeta un coup d'œil dans la glace et commença sa lecture.

— *Madame, vous auriez intérêt à vous trouver demain soir, à vingt heures très précises, devant le théâtre de la Gaîté. Vous pourriez demander au monsieur qui vous accompagnait au Châtelet, avant-hier, de venir vous tenir compagnie. Je pense que la discussion que vous aviez entamée tous les deux, ce soir-là, donnerait des résultats satisfaisants. Un ami.*

Lambert fronça les sourcils. Chadal se gratta l'oreille. Quant à moi, je fis des efforts pour ne pas me retourner brusquement.

Evelyne enchaîna.

— Aussitôt après avoir reçu ce pneumatique, j'ai téléphoné à Manuel. Il n'était au courant de rien. Intrigué, tout comme moi, par cet envoi anonyme, il m'a promis d'être au rendez-vous, m'a fait comprendre qu'il avait toujours besoin d'argent, mais que ce soir-là il me priait de n'en pas apporter. J'ai compris qu'il craignait un piège de ma part. Bref, hier soir, je me suis rendue à vingt heures au théâtre de la Gaîté-Lyrique... J'étais la première. En même temps que l'artiste arrivait en voiture, j'ai aperçu Manuel qui débouchait du boulevard Sébastopol. J'allais au-devant de lui et j'étais à l'angle du square des Arts-et-Métiers lorsque s'est produite la formidable explosion. Manuel et moi, absolument abasourdis par cet événement, nous sommes restés quelques instants sur les lieux du sinistre, car nous ne savions pas encore qu'il s'agissait d'un nouveau crime, puis, au bout d'un instant, nous avons été prendre un verre dans un petit café à côté de la Scala. Nous avons repris la discussion au sujet de mes lettres. Manuel m'a dit alors que ce n'était plus cent mille francs dont il avait besoin, sous quarante-huit heures, mais cent cinquante mille. Voilà où nous en sommes. J'ai jusqu'à demain soir huit heures pour conclure. Je peux facilement lui remettre cette somme, mais rien ne me prouve qu'il n'aura pas gardé par-devers lui des photocopies de mes épîtres les plus compromettantes.

Sur ces mots, elle leva deux beaux yeux pervenche sur ces méchants poulets qui gardaient un air énigmatique.

Il y eut un silence assez prolongé. Enfin, Lambert prit la parole.

— Mademoiselle — je ne dis pas madame, puisque vous n'êtes pas encore M$^{me}$ Manola — je vais vous demander deux choses. La première, de me confier cette lettre. La deuxième : de rentrer chez vous, de n'en sortir sous aucun prétexte avant quarante-huit heures, de consigner votre porte à tout le monde, de décrocher votre téléphone jusqu'à après-demain matin neuf heures. A cette heure-là, vous pourrez raccrocher le récepteur. A neuf heures cinq, vous recevrez une communication téléphonique. Ce sera moi qui vous appellerai pour vous dire, je l'espère, que tout va bien et que vous pouvez envisager votre mariage avec M. Antoine Manola dans un délai assez rapproché.

Evelyne se leva d'un bond.

— Je ne sais pas ce que vous allez faire, mais je vous jure que ce n'est pas lui l'assassin !

Lambert la rassura.

— J'en suis persuadé. C'est un vulgaire maquereau. Un maître chanteur de petite envergure. Un petit gangster à la noix. Nous ne lui ferons pas de mal, soyez rassurée, femme au grand cœur. Votre affaire est une toute petite chose à côté de celle qui nous préoccupe. Je m'empresse de vous affirmer que je suis convaincu, maintenant, que ni lui, ni vous, n'êtes pour rien dans ces deux assassinats mystérieux, mais nous autres, vétérans de la poulaille, nous ne détestons pas les à-côtés, quelquefois. Nous aimons bien nous mêler de ce qui ne nous regarde pas. Ne serait-ce que pour la beauté de l'art...

Puis, avec un rond de jambe :

— Madame, cet entretien est terminé. Suivez très, très exactement mes indications... Merci.

Evelyne se leva. Je pus constater, dans mon rétroviseur, que son maquillage avait tourné.

Elle avait eu chaud, la mignonne !

## XV

— « Une lueur dans les ténèbres », film en technicolor et en plusieurs épisodes, s'est écrié Lambert en esquissant un entrechat.

Cela après cinq minutes de silence.

Cinq minutes que, pour rien au monde, nous n'aurions voulu troubler, Chadal et moi, car on le connaît bien, le copain.

Il ne faut rien lui demander ; lui laisser exposer ses idées, sans le bousculer.

On sentait que ça allait sortir.

En effet, ça n'a pas tardé.

— Maintenant, un point est acquis...

On attendait toujours.

Il lâcha le morceau.

— L'assassin de Manola et celui de Francis ne sont qu'un seul et même personnage.

Je ne pigeais pas très bien.

Chadal vasouillait comme moi... Avec la différence que lui n'en laissait rien voir... Question de prestige.

— Ah ! fis-je simplement.

Lambert éclata de rire, se tapa sur les cuisses. Heureux de l'effet produit.

— Tu nages, petite tête de baryton ? me dit-il.

Fais-moi confiance, je vais entrebâiller ton tiroir à idées. Je vais tout d'abord te récompenser de ta bonne conduite pendant l'interrogatoire de la pépée parfumée aux gigots prometteurs... car, moins bien placé que toi, j'ai quand même biglé les dessous de la future Mme Manola Antoine.

Toujours en gambadant (il était bien gai, décidément), il s'en fut ouvrir la porte d'un placard.

Lequel semblait être le réceptable de multiples et poussiéreux dossiers.

Il ne faut pas se fier aux apparences.

Sur les tablettes, soigneusement rangées, s'alignaient des bouteilles de fine, de porto, de pastis et de beaujolais.

En dessous, à même le plancher, un seau hygiénique immense.

Lambert l'extirpa de sa cachette.

Il en souleva le couvercle...

Je constatai que cet ustensile sanitaire était bourré de glace jusqu'aux bords.

De cette glace émergeaient quelques bouteilles d'eau gazeuse et un magnum de champ'.

Il le brandit, nous le fit voir et dit simplement :

— Pour le jour J. Le jour de la victoire.

Il le remit au frais, se contenta de sortir une bouteille d'eau et remit le seau à sa place.

Ce seau gargantuesque qui lui servait de frigidaire.

D'une main leste, il happa sur une planche une vieille bouteille de cognac étiquetée trois étoiles, sortit des verres et nous versa trois rasades maison tandis que Chadal faisait sauter la capsule de l'eau qui fait pschitt...

J'avais la gorge sèche.

Je n'étais pas le seul.

On s'est tapé la fine à l'eau d'un seul coup.

Lambert a remis ça. Pendant ce temps, je quittais ma blouse blanche.

J'attendais, plus calme maintenant, les explications du chef.

— Mes petits potes, qu'il nous dit posément et en se frottant les mains, je commence à voir clair dans cette hécatombe de ténors. Procédons par élimination. Tout d'abord, nous pouvons et devons écarter de nos soupçons le frère de la victime, Antoine Manola, son secrétaire, Margellin, de même que Pedro Gominez qui a retenu notre attention pendant une bonne journée, mais dont l'emploi du temps, minutieusement vérifié, s'avère conforme à ses dires. Restent Evelyne Verjois et son gigolo-maquereau-maître chanteur, Manuel Canelli. Après l'audition de la poupée à Toinot, je les mets hors de cause. Dans ces conditions, comment devons-nous orienter nos recherches ?

— Oui, comment ?

C'était moi qui venais de lancer cette interrogation. Malgré moi.

C'est idiot, mais je sentais couler du sang de pigeon dans mes veines.

Lambert s'est marré un bon coup. Il m'a flanqué un coup de poing dans le dos. J'ai vu arriver la bourrade. Je l'ai esquivée, sans quoi, j'avais l'omoplate fêlée.

Il reprit son sérieux et s'expliqua :

— Quand je dis que j'y vois clair, c'est une façon de parler, car ces deux crimes me semblent encore plus embrouillés et plus mystérieux qu'auparavant. Cependant, j'ai un point précis qui va peut-être nous mettre sur la bonne piste. L'assassin possède une machine à écrire dont la lettre « A » est légèrement déréglée. Vous allez comprendre immédiatement.

Il ouvrit alors son portefeuille et en extirpa un petit papier plié en quatre.

— Voilà le papelard anonyme qui nous a convoqués à la Gaîté-Lyrique, hier au soir. Voici celui qui a été adressé à la belle Evelyne. Même papier quadrillé. Même faute de frappe avec la lettre « A ». Ça m'a tout de suite sauté aux yeux. C'est donc le même individu qui a voulu nous réunir, à la même heure, devant ce théâtre, pour voir sauter le jeune Rudolph. Dans quel but ?

Nous étions haletants.

Je commençais à piger. Vaguement.

Lambert poursuivit :

— Le criminel — homme ou femme — en nous envoyant cette babille mystérieuse, a voulu attirer notre attention sur la fille Verjois. Il — ou elle — a voulu que nous fassions un rapprochement entre la présence de cette jolie poupée au Châtelet, le soir du meurtre de Manola, et à la Gaîté, le soir de l'assassinat de Rudolph. Peut-être a-t-il — ou a-t-elle — pensé que la fille sauterait en même temps que le deuxième ténor et qu'ainsi nous ne pourrions plus rien apprendre sur ces mystérieuses affaires.

» Si cette thèse est solide, et j'ai tout lieu de croire que je suis sur la bonne route, il nous faut admettre que : *primo,* le criminel connaît très bien la maîtresse d'Antoine Manola... *secundo,* qu'il — ou elle — était dans la salle derrière le couple, qu'il — ou qu'elle — a assisté à l'altercation Evelyne-Manuel et qu'il — ou elle — a bondi sur cette occasion pour essayer de nous aiguiller sur une fausse piste. Nous avons affaire à un fortiche. Je le prouve. Il a profité des acclamations suscitées par l'entrée de Manola sur scène pour tirer. Il a dû viser la tête. C'est le hasard qui lui a fait toucher la carotide. Il a choisi le pistolet parce qu'il savait que Manola venait d'avoir une aventure galante avec Pedro Gominez, spécialiste du coup de feu à quinze pas. Il a pensé que nos soupçons se porteraient sur lui. C'est, effectivement, ce qui s'est produit. Il a appris, alors, je ne sais ni comment ni par qui, que le Pedro avait un alibi sérieux. Il a cherché, immédiatement, à nous égarer en nous collant Evelyne dans les pattes. Que pensez-vous de ces déductions ?

Pourquoi ne pas l'avouer ? J'étais sur le cul.

Chadal gambergeait dur ; il hocha simplement la tête et déclara :

— Tout à fait de ton avis. Logique... J'aurais pas fait mieux.

Quel gros prétentiard...

Il ajouta :

— Conclusion : c'est un mec, ou une gonzesse, très au courant de la vie intime de Manola qui, en outre, doit avoir une vengeance à assouvir contre la belle Evelyne.

Lambert approuva, se tourna vers moi et me demanda :

— Qu'en penses-tu, baryton de mes deux ?

J'avais le crâne en ébullition. Je n'ai même pas relevé son affectueuse appellation.

— Pourquoi pas le Manuel ? L'amant évincé ? ai-je insinué.

— Parce qu'il était à son côté... Qu'elle l'aurait vu tirer et qu'elle aurait été trop heureuse de se débarrasser de lui en le dénonçant aussitôt. Non, ce n'est pas ce Manuel qui, par ailleurs, ne semblait avoir aucune raison plausible d'en vouloir au chanteur de la pédale disparu à la fleur de l'âge.

— Alors ?

— Alors ? Il nous faudra fouiller dans la vie privée de tous les protagonistes. Drôle de boulot en perspective... mais, à trois, ça ira vite.

— A trois ? que j'ai dit.

— Parbleu... Tu ne vas pas nous quitter comme ça... T'es dans le bain, mon bonhomme, faut en prendre ton parti.

Je n'ai rien répondu.

Pourquoi ne pas l'avouer ? Ça me plaisait assez.

— Mais quel lien peut-il y avoir entre Manola et Rudolph Francis ? s'enquit Chadal.

— Voilà la question, rigola Lambert. Je n'en vois aucun, si ce n'est qu'ils sont ténors tous les deux, miroirs à gonzesses, gagnant beaucoup de fric l'un et l'autre. Autre point commun : le premier est mort lundi et le second jeudi... à trois jours d'intervalle, assassinés tous deux par la même personne, mais ces précisions ne sont pas en mesure de nous donner la clé du mystère.

A ce moment, on frappa à la porte du bureau 120. Chadal s'en fut ouvrir.

C'était le garçon de bureau, celui qui trônait dans une sorte de verrière, en haut de l'escalier, et qui était chargé de canaliser les visiteurs : journalistes, témoins ou prévenus.

Il tenait une enveloppe à la main. C'était un pneu pour Lambert.

Ce dernier a sursauté en l'ouvrant.

— C'est de lui, qu'il a dit simplement.

— De lui ?

— Oui... ou d'elle ! même papier, même lettre « A » légèrement désaxée.

On en bavait. On voulait savoir, Chadal et moi. Lambert a compris notre impatience. Il nous a fait participer à la fiesta en lisant tout haut :

— *Monsieur, vous devriez aller faire un tour, dimanche après-midi après la matinée, au théâtre Mogador. On y joue une très belle opérette* Le Corsaire de la mer Rouge. *Le ténor Jacques Dossegor, qui tient le premier rôle, recevra, aussitôt après la représentation, la visite d'un monsieur que vous serez surpris de rencontrer et qui pourra vous faire des révélations intéressantes. Un ami.*

Lambert est devenu écarlate. J'ai cru qu'il allait éclater. Ça n'a pas manqué.

— Le fumier ! qu'il a hurlé. Il nous met en boîte. Mais rira bien qui rira le dernier. Oui, on ira, à son rendez-vous. On y sera même avant l'heure fixée. Si jamais cette peau de vache me tombe sous la patte, je vous promets un spectacle qui ne sera pas de l'opérette pour fillettes en chaleur.

Il faut dire ce qui est, Chadal et moi, on partageait sa colère.

On l'avait à la caille.

# XVI

J'ai mal dormi cette nuit-là.

J'ai fait un tas de rêves idiots. Je voyais des chasseurs réunis dans un petit pavillon et qui se racontaient leurs exploits.

Mais au lieu de parler de gibier, ils discutaient ténors.

— J'en ai abattu quatre, disait l'un.

— Le ténor est très difficile à dépister, répondait l'autre.

— Mort aux ténors, renchérissait un troisième, c'est l'animal qui fait le plus de ravages dans les familles.

J'étais complètement sinoque.

A neuf heures, je me suis réveillé avec un mal de crâne...

Comme toujours, mon premier geste a été de sauter à la porte, de l'ouvrir, de glisser mon bras et ramener mes croissants et mon journal.

Ce matin-là, je n'ai pas pris le temps de préparer mon petit déjeuner.

J'étais avide de nouvelles.

J'ai été gâté. Manola. Francis. Il n'y en avait que pour eux. Des colonnes... Encore des colonnes...

Toute la première page avec des renvois en dernière heure.

A quelque chose près, c'était la version que je connaissais. Y compris l'interrogatoire d'Evelyne.

Toutefois, les déductions de Lambert étaient tenues secrètes. Pas fou, le poulotin. Il avait gardé ça pour nous.

Et des photos sensas.

L'enterrement de Manola... Le tout-Paris artistique qui suivait le cortège... Sauf mézigue qui n'avais pas été pris par l'objectif. Manque de pot...

Un peu plus loin, les débris de la Chrysler à Rudolph Francis. La photo de sa petite femme et de sa gosse complètement écroulées.

Les portraits du beau-père et de son beau-frère : deux bonnes gueules de brutes et d'ivrognes ahuris.

Ils devaient être interrogés dans la journée.

Lambert ne m'avait pas mis dans le coup.

Nous avions pris rendez-vous pour le dimanche à quatorze heures au Soleil de Mogador, un restau devant le théâtre du même nom. Je pense qu'il ne voulait pas trop me griller.

Puis, aussi, qu'il pensait ne pas ramener grand-chose de Poissy où il devait se rendre pour décortiquer les deux poivrots-carriers.

J'ai suivi mes deux poulets par la pensée.

Je les voyais procéder ; Lambert flegmatique, Chadal réjoui. Subitement, j'ai regardé ma pendule. Neuf heures un quart.

Je venais de penser que Lambert avait promis de téléphoner à la fameuse pépé à cette heure-là. Pourquoi ? Je me le demandais bien.

Peut-être avait-il été mettre la main au collet de

Manuel Canelli. « Scabreux, sans mandat d'amener », pensai-je aussitôt.

J'avais tourné les pages de mon canard.

J'en étais à la rubrique des faits divers.

Car il y avait encore, et quand même, des faits divers malgré cet afflux de sang à la une.

Je lisais machinalement, sans trop faire attention. Ce n'est que parce que j'ai été frappé par le nom que j'ai recommencé ma lecture à la première ligne.

*L'audace des cambrioleurs.* Tel était le titre du filet que j'avais sous les yeux.

Voici ce qu'il disait :

*Cette nuit, d'audacieux cambrioleurs ont pénétré dans un magasin de photographie du boulevard Raspail, tenu par le maître Manuel Canelli.*

*Il semble que ces individus aient agi par vandalisme car le tiroir-caisse n'a pas été fracturé mais, par contre, toutes les étagères, les placards, les armoires ont été vidés de leur contenu. Des quantités de photos d'art ont été dispersées de tous les côtés. M. Canelli, qui habite dans l'appartement situé au-dessus de son magasin, n'a absolument rien entendu.*

*Interrogé sur le montant du vol, il n'a constaté que la disparition de documents très importants, a-t-il dit. M. Canelli, qui ajoutait à ses activités la photocopie de lettres, de procès-verbaux et autres pièces confidentielles à lui soumises par des personnalités politiques et artistiques connues, pense que les cambrioleurs étaient surtout à la recherche de certains documents secrets.*

*M. Canelli a déposé une plainte contre X...*

*Nous croyons savoir que l'enquête a été confiée à*

*l'inspecteur Chadal, le coéquipier du célèbre Lambert actuellement attaché à l'affaire des ténors.*

Je me suis marré comme une petite folle...
Son affaire était en bonnes mains.

## XVII

Dans ma carrière, j'ai mis un peu de fric à gauche... ce qui me permet de ne pas cavaler le cacheton.

Si je reste deux ou trois semaines sans pousser ma romance, je suis quand même assuré de ne pas claquer du bec.

Cette histoire de ténors tombait précisément dans une période creuse. Je n'avais pas de contrat avant quinze jours. Un coup de pot. Je pouvais donc me coller aux chausses des « détectives-amis » sans être obligé de les plaquer un bon moment pour aller enfiler mon smoking et pousser, devant une foule en délire : *J'ai gardé ta photo sur mon cœur.*

Ce samedi, j'avais ma journée à moi puisque je n'avais pris rendez-vous que le lendemain.

J'ai résolu d'aller faire un petit tour chez les impresarios, au Fouquet's, et de pousser jusqu'à l'avenue de Friedland, à la Radio.

Histoire de prendre le vent... Et peut-être de récolter une affaire pour plus tard.

Lorsque j'ai débuté, il y a trente piges, le rendez-vous des cabots était dans le faubourg Saint-Martin... Chez Batifol. Ils y vont encore. Les minables exclusivement... Ceux qui sont prêts à baisser leur culotte pour un cacheton famélique... Ceux qui balayeraient la salle, si on le leur demandait, ceux qui auraient mieux fait de conserver leur profession première : menuisier ou couvreur-zingueur.

Aujourd'hui, c'est la ruée vers l'Ouest.

Les agents lyriques, qui ont débuté dans la rue de l'Echiquier, ou dans le faubourg Saint-Denis, se sont payé des bureaux dans les buildings des Champs-Elysées.

Bien entendu, les clebs ont suivi.

Je me marre doucement quand je rencontre un de ces pauvres types qui vient, sous prétexte qu'il passait dans le quartier, demander à un impresario s'il n'a pas quelque chose pour lui.

— Quand êtes-vous libre ? interroge ce dernier.

— Tout de suite et à suivre, répond l'autre.

De quoi se la mordre...

Il faisait un beau temps ensoleillé. J'ai descendu doucement les Champs-Elysées... Tout de suite, je suis tombé sur Godard, le secrétaire du syndicat-fantôme des artistes.

Il m'a sauté sur le paletot.

Emmerdant comme un boisseau de puces, le mec.

Toujours à la recherche d'un contrat quelconque, il récolte quelques miettes d'engagements en le faisant à l'influence.

Les impresarios ne sont pas toujours en règle avec la loi. Ils réclament des honoraires aux artistes, alors que c'est l'employeur seul qui doit les payer. Godard, qui sait à quoi s'en tenir sur ce petit trafic, leur fait comprendre que s'ils ne lui dégottent pas un cacheton dans un cinéma quelconque, il pourrait, lui, Godard, leur coller un inspecteur du travail aux fesses.

Ce genre de chantage réussit toujours.

Ils l'envoient, par-ci par-là, faire une semaine à Issy-les-Moulineaux ou à Pithiviers.

Les seuls qui soient lésés dans l'histoire sont les spectateurs qui sont obligés d'encaisser, pendant sept jours, ce ténorino essoufflé qui leur chante *l'Histoire du bon Pataud* ou *les Amours sont fragiles*.

Donc Godard m'a cassé les pieds, une fois de plus. Les ragots du métier, il me les a sortis en moins de deux. Pas tendre pour ses collègues zigouillés. Fatalement, il est jaloux de toutes les vedettes. Il a commencé à insinuer que le coup aurait, peut-être, été suggéré par les directeurs des autres théâtres d'opérette. Ou par les managers des ténors concurrents. Enfin, quoi, un tas de conneries qui ne tenaient pas debout.

Avec son chapeau graisseux et son pantalon élimé, il la foutait mal dans ce quartier.

J'avais hâte de le voir se débiner.

Après avoir bavé sur une vingtaine de directeurs et d'artistes, il a fini par me demander si je ne pouvais pas le recommander au directeur de l'Olympia.

Je me suis excusé et j'ai prétexté un rancart important pour le laisser tomber, lui et son fiel.

Là-dessus, je suis monté jusqu'à l'Agence Grandet. Pas tellement parce que je voulais voir le patron, mais parce que j'ai un secret béguin pour la petite secrétaire.

Hélas ! j'ai été trop brutal au début. Elle me fait un sale œil. Je n'aurais pas dû lui pincer les fesses la première fois que je l'ai vue. Ah ! si c'était à refaire !

Dans l'antichambre, une bande de crabes.

Et tout ce monde ne parlant que de l'affaire Manola, de l'affaire Rudolph Francis.

Moi qui en savais plus qu'eux tous, faisant l'andouille, le péquenot qui débarque de sa province.

En douce, j'étais fiérot.

Ça m'a fait passer mon après-midi.

Parce que, après l'Agence Grandet, j'ai fait une petite excursion au Fouquet's.

Là, c'est surtout les cinémateux qui se donnent rendez-vous. Et comme les deux ténors avaient tourné pas mal de films, ça débloquait à plein tube dans le café.

Chacun avait son criminel à proposer.

Chacun fouillait, tant que ça peut, dans la vie privée des pauvres mecs assassinés.

Chacun se rappelait un incident qui s'était produit il y a cinq ans, ou dix ans, ou quinze jours avant le crime.

Sans avoir l'air d'y toucher, chacun laissait planer des soupçons sur un collègue. Jamais le même. Ah ! si chacun avait pu faire arrêter un copain. Quelle joie !

J'ai continué à écouter et à ne rien dire.

A la fin, j'en ai eu marre. J'ai repris le chemin de mon studio.

Avant de me rentrer, je me suis offert, pour moi tout seul, un petit dry au Monte-Carlo.

Il n'y avait pas cinq minutes que j'étais en tête à tête avec mon verre que Lambert et son *alter ego* sont apparus.

— On savait bien qu'on te trouverait au bistrot, ivrogne, m'a lancé le gros Chadal.

— Tiens, ai-je fait, narquois, je croyais qu'on

avait rendez-vous que demain. C'est-y que vous ne pourriez plus vous passer de moi, chers volailleux ?

— Pur hasard, a rétorqué Lambert. Nous revenons de Poissy. On a soif. Tu n'as tout de même pas la prétention de monopoliser ce café pour toi tout seul ?

Il avait dit juste ce qu'il fallait pour aiguiser ma curiosité.

Ils revenaient de Poissy ? J'avais pigé l'allusion. Ils se sont assis à ma table.

J'ai guetté l'heure de la confidence.

Elle s'est fait attendre. Enfin, Lambert s'est décidé.

— C'est bien ce que je prévoyais. Rien d'intéressant là-bas. Deux bonnes brutes, qui manient l'explosif, certes, mais exclusivement pour leur boulot. Ils n'avaient pas revu le môme Rodolph depuis un an. Ils n'ont pas quitté la localité depuis un mois. Ils sont saouls six jours sur sept. Bref : impasse complète de ce côté-là. Ceci confirme mon opinion. A savoir que le mec qui a fait le coup est un fortiche qui connaît parfaitement les à-côtés de ses victimes et qu'il a employé des moyens susceptibles de faire soupçonner leurs intimes.

Il ajouta :

— Par acquit de conscience, on ira faire un tour du côté du garage de Francis. Quoiqu'on m'ait affirmé qu'il laissait sa voiture devant sa maison, des semaines entières. Sans fermer les portières. Alors ? Facile pour un mécréant de glisser un pétard sous le strapontin.

Subitement, il changea de ton. Il prit un air égrillard.

— Dis donc, Jo le vicieux, dis-tu toujours aux

gonzesses, pour les attirer dans tes filets, que tu leur feras voir ta collection de papillons japonais ? Ou tes timbres-poste du temps de Charlemagne ?

Je me suis demandé où il voulait en venir.

Devant mon air étonné, il prit un ton confidentiel.

— Nous, on va te montrer quelque chose que tu ne pourras jamais leur faire voir. Regarde... De tous tes yeux, regarde, comme disait jadis Michel Strogoff, ou quelqu'un du même acabit.

Là-dessus, et après s'être assuré que personne ne prêtait attention à nous, il sortit de sa poche un paquet soigneusement ficelé. Ayant fait sauter l'attache, il me mit sous les yeux une série de photos vachement dégueulasses. J'ai poussé une exclamation. Le personnage, qui tenait le rôle principal dans différentes poses avantageuses, était un artiste que je connaissais bien. Une vedette... Oui... Qui avait dû accepter ce... rôle un jour de dèche.

Les photos se succédaient.

Après celles du confrère, ce fut une série d'autres poses plastiques où je reconnus un de nos ministres, avec deux femmes à poil sur les genoux, une comédienne célèbre sacrifiant à Lesbos, une chanteuse réaliste en pleine corrida avec des boxeurs... etc, etc.

— Tu vois que les photos d'art peuvent assurer l'avenir de celui qui les tire.

— A moins que, gouailla Chadal, d'affreux coquins profitent de l'obscurité pour faucher ces précieux documents à celui qui s'est donné tant de mal pour les réunir.

Je me suis esclaffé.

— Je me doutais bien que c'était vous.

— Nous ne comprenons pas vos insinuations,

chanteur à la voix fêlée, a ricané Lambert... Sachez pourtant que la vertu finit toujours par triompher. M$^{lle}$ Evelyne Verjois est en possession, depuis hier soir, des lettres qu'elle avait eu l'imprudence d'expédier à certain photographe. Le hasard a voulu que nous en lisions quelques-unes... Elles étaient gratinées et elles nous ont dévoilé, chez l'expéditrice, un tempérament qui risque fort de mettre sur les genoux le frère du ténor assassiné...

Mais ça, c'est une autre affaire. Il vaut encore mieux qu'il meure comme ça que d'une balle dans la peau...

# XVIII

Si je n'avais ce défaut (ou cette qualité) d'arriver toujours un quart d'heure en avance à mes rendez-vous, il n'y aurait rien eu de modifié à ma vie d'alors.

Faut peu de chose pour changer une destinée.

Ce dimanche, j'avais rendez-vous à deux plombes, avec mes amis, au Soleil de Mogador, café-restaurant en face du théâtre du même nom.

Levé assez tôt, je m'étais dit : « Si je reste dans le quartier, je vais tortorer en vitesse et je vais encore me trouver comme une pauvre cloche devant un café-cognac attendant mes amis. »

C'est alors que l'idée m'est venue d'aller croûter au restau où j'avais rencart.

J'y étais à midi trente.

Presque toutes les tables étaient prises.

Le maître d'hôtel m'en a indiqué une petite.

Elle me suffisait.

D'autant mieux qu'à une table voisine, une toute petite également, une jolie pépée attaquait les hors-d'œuvre.

J'ai fait mon menu. En pépère. J'avais le temps. Puis j'ai reluqué la gosse. Un amour.

Entre deux bouchées, elle plongeait son petit museau dans un journal. Pas tellement pour se documenter, mais plutôt pour se donner une contenance.

Immédiatement, j'ai eu envie d'entamer la converse. Heureusement pour moi, avant d'ouvrir la bouche, un éclair m'a illuminé.

J'ai pensé soudain à la petite secrétaire de l'Agence Grandet que j'avais écœurée avec mes manières brutales et vulgaires.

En une seconde, j'ai revu mon passé et me suis dit que je devais ces façons de faire à mes succès faciles lorsque j'étais vedette. C'est vrai.

J'ai connu l'époque où les fillettes en amour venaient faire la queue à la porte de ma loge, pour que je leur dédicace un programme ou une photo. Sept sur dix avaient plutôt une idée de derrière le slip.

Alors, en même temps que j'apposais ma signature sur un bout de papier quelconque, je leur glissais la main au panier.

— Soyez sérieux, me disaient-elles, d'un air amolli qui signifiait : « Ne le soyez surtout pas... »

Et sept fois sur dix, je les renvoyais dans la salle, doublement satisfaites d'avoir un autographe et un souvenir intime de leur artiste préféré du moment. Ça défilait à longueur de soirées et le régisseur se marrait doucement de les voir redescendre de ma loge, la frimousse un peu ravagée, les cheveux en crevette, et la jupe fripée.

C'est de là que m'est venue cette habitude de traiter les sauterelles avec une certaine désinvolture.

J'en étais arrivé à ne plus faire de différence et c'est ce qui m'avait valu cette remise en place de la part de la petite secrétaire de l'Agence Grandet.

C'est donc un autre homme que Jo le Baryton qui

s'est adressé à ma gentille voisine pour lui demander, poliment, si je pouvais disposer de la salière.

J'ai tout de suite été récompensé de mon tact et de ma distinction.

Elle m'a fait un joli sourire.

Des dents éclatantes.

De grands yeux noirs.

Des cheveux de la même couleur.

Et, avec ça, deux jolis petits seins qui pointaient outrageusement sous un pull bleu.

Je me suis juré de dépouiller le malappris pour devenir un parfait gentleman.

En lui rendant la salière, dont elle n'avait nul besoin, j'ai entamé la conversation.

C'était assez facile.

Les trois quarts des gens qui déjeunaient au Soleil de Mogador se rendaient à la matinée du théâtre.

— Vous allez au spectacle, mademoiselle ? osai-je lui demander, avec un de ces sourires enjôleurs que je garde généralement pour annoncer : *Ton cœur a pris mon cœur,* un tango qui plaît énormément au beau sexe.

Elle rougit légèrement.

— Non, pas aujourd'hui, m'avoua-t-elle.

Elle ajouta :

— Dailleurs, avec ce monde qui fait la queue, j'aurais eu du mal à trouver un fauteuil.

C'était merveilleux. Elle me facilitait, sans le savoir, le prétexte d'un long bavardage qui, au premier abord, m'avait semblé difficile.

— Je me serais fait un plaisir, si vous aviez voulu assister à la matinée, d'user de mon influence pour vous obtenir une place.

Elle me regarda, étonnée.

J'enchaînai, tout de suite, très cabot :

— Permettez-moi de me présenter : Jo Barnais, de l'A.B.C.

Elle me connaissait... Vaguement... Sa mère, paraît-il, était une habituée de mes spectacles. Elle adorait ma voix.

Immédiatement mise en confiance, elle daigna me sourire, puis répondre à mes questions un peu indiscrètes.

C'est ainsi que j'appris qu'elle s'appelait Monique Landry, qu'elle suivait des cours d'art dramatique et lyrique, qu'elle avait un joli filet de voix, lui disait-on, et qu'elle n'avait qu'un rêve : faire du théâtre et surtout de l'opérette.

Au chateaubriand béarnaise, elle me confiait qu'elle travaillait présentement dans un institut de beauté, préposée aux massages et aux soins des mains des jolies madames.

Au plateau de fromages, entièrement mise en confiance par les compliments que je m'étais permis de faire sur sa beauté, sa délicatesse, son sourire et sa fraîcheur, elle m'avouait avoir rendez-vous, à deux heures moins le quart, avec une vieille choriste du théâtre Mogador qui devait la présenter au régisseur et ce, dans le but de se faire engager, plus tard, pour tenir un petit rôle dans une future opérette.

Encore une qui y croyait, à la poupée qui tousse !

Je n'ai pas voulu la décourager.

Elles sont des milliers de gosses comme ça qui s'imaginent, parce qu'elles ont deux octaves dans le gosier et un minois affriolant, que les directeurs vont leur faire un pont d'or pour le plaisir de les faire débuter.

Chimères et folie douce.

Toutefois, la gosse me fit sagement remarquer qu'elle se contenterait d'un tout petit bout de rôle pour commencer, étant pertinemment sûre qu'elle serait vite remarquée, soit par un auteur, soit par un impresario.

Moi, je voulais bien... J'approuvais de la tête. Car elle me demandait mon avis puisqu'elle avait la joie, me dit-elle, de se trouver devant quelqu'un du métier.

A la corbeille de fruits, nos mains se rencontrèrent sur une grappe de raisin. Elle me sourit.

Ah ! ce sourire... Je me suis senti devenir un autre homme. Tout amolli, tout débordant de tendresse.

J'ai dû me rappeler subitement le rôle d'un baryton amoureux que j'avais joué, il y avait une vingtaine d'années. Je lui ai sorti, sans les chanter, les phrases toutes faites et bien enregistrées que j'avais dans le crâne.

— Vous êtes entrée dans ma vie comme le printemps qui déchire subitement les brumes de l'hiver.

C'était un peu cucul, mais je me souviens que, lorsque je chantais ça à l'ingénue, les rombières se pâmaient dans la salle.

C'était le passage qui marquait le plus dans toute la partition.

Ça n'a pas raté. Elle m'a regardé d'un œil attendri. Elle avait rencontré un poète. Elle n'a pas retiré sa main.

J'ai vivement ajouté :

— Si je peux vous être utile pour quoi que ce soit, je me ferai une joie de me mettre à votre disposition. Je connais tous les impresarios. Je ne suis pas trop mal placé auprès des directeurs et, insinuai-je vachement, dans cette profession, c'est surtout par relations qu'on arrive.

— Oh ! je le sais, répondit-elle vivement.

La partie était gagnée.

Au café, je lui fis comprendre que je ne voulais pas la décourager, mais que sa vieille choriste et le régisseur étaient de bien petits personnages et qu'il valait mieux s'adresser au bon Dieu qu'à ses saints.

Elle en était déjà convaincue.

Je lui offris un petit armagnac, pour lui donner du courage et aussi pour avoir son adresse et un petit rancart pour le lendemain.

Justement, le lendemain lundi, elle ne travaillait pas. Elle me l'accordait volontiers pour un déjeuner en tête à tête à la campagne.

Elle regarda sa montre. Deux heures moins vingt. Il fallait qu'elle aille à son rendez-vous. Un autre beau sourire, un regard tendre et elle se leva en me confirmant le rendez-vous du lendemain.

Elle me tendit sa menotte.

J'y posai mes lèvres et les y laissai un assez long temps. Ça ne lui déplut pas.

Décidément, Jo Barnais, dit Jo le Baryton, venait de se transformer en homme du monde.

Je l'ai regardée s'éloigner. Deux fines chevilles, une croupe aguichante... Moi aussi, j'ai senti le printemps déchirer les brumes de ma vie factice et sans joie.

J'ai allumé une cigarette. J'ai pris mon petit calepin sur lequel je marque mes rendez-vous et mes engagements, je l'ai ouvert à la page du lundi pour noter l'adresse de la poupée et notre rancart : au Monte-Carlo, bien entendu.

*Lundi 12 mai*, que j'ai lu : *11 heures, enterrement de Rudolph Francis.* Et merde pour le ténor ! Il y aurait bien assez de cabots sans moi.

J'ai rayé d'un coup sec et j'ai écrit avec amour : *Monique Landry, 37, rue Delambre, Paris XIV*ᵉ.

## XIX

A deux heures moins cinq, la salle du restaurant s'est aux trois quarts vidée.

A deux heures pile, un commando de la maison Poulaga a envahi le coin réservé aux consommateurs de café et alcools variés.

Ils étaient six. Rien que ça... A leur tête, Lambert et Chadal.

Lambert m'a tout de suite repéré et, d'un coup d'œil impératif, m'a signifié que je n'avais pas à me mêler à leur conversation.

Je suis resté dans mon coin.

J'observais cet état-major de la volaille.

Si Lambert et Chadal pouvaient, à la rigueur, passer pour de paisibles bourgeois, les autres, par contre, sentaient le roussi à plein nez.

Durant que les cafés arrosés humectaient les gosiers délicats de ces messieurs, Lambert donnait ses instructions à chacun d'eux.

Au bout de cinq minutes, j'en vis deux se lever et prendre la porte. Cinq minutes après ce fut à Chadal de sortir avec les deux autres.

Alors Lambert me fit signe d'approcher.

J'obéis. Ma parole, un indic n'aurait pas fait mieux.

J'ai eu honte un instant. Puis ma vieille curiosité m'a repris. J'ai chassé l'image de la petite Monique et je me suis rendu à la table du grrrrand détective !

Tout de suite souriant et détendu, cette vieille vache m'a flanqué une de ces bonnes petites claques sur l'omoplate. Ce qui m'a foutu une quinte de toux de derrière les poumons.

Il se marrait, ce grand veau...

— On est peinards, m'a-t-il dit... On a le temps.

Il a ajouté, pour se donner des airs de ministre :

— Le dispositif de sécurité est en place... Nous avons la situation bien en main.

Je l'ai interrogé du regard.

Il m'a expliqué :

— Deux de mes hommes sont passés sur le plateau. A la matinée d'aujourd'hui, ils font office de machinistes supplémentaires. La direction m'a accordé toutes facilités. Bien entendu, je n'ai pas été lui raconter que son ténor était visé. Non, j'ai imaginé une histoire de vol de bijoux... Une petite figurante pourrait bien être dans le coup... Avec son jules. Alors, on est là pour voir... pour faire causer... pour esgourder... Chadal est au contrôle avec mes deux autres bonshommes. Après l'entrée du public, ils prendont place de chaque côté de la scène au passage prévu pour les spectateurs qui désirent voir un artiste à l'entracte ou après le spectacle. Pour aujourd'hui, interdiction complète de passer de la salle à la scène. Mes trois gaillards sont là pour faire observer la consigne. Quant à nous deux, joli papillon de nuit, nous serons dans la loge de la vénérable pipelette pour recevoir les visiteurs qui demanderont après Jacques Dossegor.

« Après la représentation, si rien ne nous a frappé

les châsses, si aucune personnalité connue ou inconnue n'a fait son apparition, tu iras, toi, Jo le Baryton, demander après cette vedette du contre-ut, avec un laissez-passer que j'ai dans ma fouille. Tu solliciteras son concours pour un gala imaginaire qui devrait avoir lieu à Bordeaux ou à Marseille, à la date que tu voudras bien lui fixer. Et ce, au bénéfice des scrofuleux du Pas-de-Calais ou des joueurs de pétanque de Saint-Ouen-l'Aumône.

» Tu te doutes bien qu'il va t'envoyer faire foutre. Aucune importance, puisque ce gala n'aura jamais lieu.

» En attendant, tu bigleras consciencieusement s'il est seul dans sa loge, s'il ne reçoit pas un collègue, un employé, un mec quelconque. Compris ?

J'ai un peu renâclé. Trop tard, j'étais pris à la comédie.

— D'ac, que j'ai dit.

— T'es un vrai pote, qu'il m'a fait.

— Commence pas tes câlineries, que j'ai répliqué. Tu abuses de ma faiblesse... Profites-en et dépêche-toi parce que je te préviens tout de suite : demain, tu peux te l'accrocher pour m'avoir aux obsèques de Rudolph Francis, et pour toute autre commission ou mission concernant les ténors en péril.

— Monsieur part pour sa grande tournée à l'étranger ? qu'il a ironisé.

— Non, Sherlock Holmes de mes fesses, je pars pour Cythère.

Il s'est marré doucement.

— Un tendeur comme toi ? Tu veux m'avoir, face de rat !

— Je regrette, monsieur le brigadier, mais je ne vous en dirai pas plus long pour aujourd'hui, étant donné que votre éducation et le jugement que vous pouvez porter sur les questions amoureuses ne vous permettent pas de comprendre et d'analyser les sentiments purs et nobles qui peuvent traverser le cœur d'un garçon bien éduqué et bien élevé, devenu un peu truand à votre contact.

A son tour, il a été pris d'une quinte de toux, tant il rigolait.

Il en a rejeté, sur mon pantalon, la gorgée de café qu'il avait dans la bouche.

Il a voulu savoir.

Mais, alors, là... motus... J'ai gardé mon secret pour moi.

C'est à ça que j'ai compris que j'étais sérieusement mordu.

Il n'a pas insisté.

On s'est mis à parler d'autre chose.

Soudain, il a repris son air sérieux et, sans plus d'ambages, m'a demandé de lui dire ce que je savais sur la personnalité du ténor Dossegor. Il a ajouté :

— Trêve de conneries, mon vieux... Jusqu'à présent, tu m'as été bougrement utile et tu m'as évité de perdre du temps à faire des recherches sur la vie privée de ces as du *bel canto*... Tu vas encore me rendre le service de me dire ce que tu sais sur celui-là... C'est un copain à toi ?

— Pas plus que ça... Je le connais comme je connais presque tous les artistes... Celui-là, c'est un cavaleur...

— Un mec dans ton genre ?

— Si tu recommences à me mettre en boîte, j'arrête le moulin aux confidences.

— Te fâche pas, Jo, qu'il a rambiné très papelard, à toi la parole, je ne l'ouvre plus.

J'ai repris :

— Oui, c'est un cavaleur... C'est-à-dire qu'il profite de toutes les occasions qui lui tombent dans les bras. Et il en a, tu t'en doutes. Il choisit le mieux... Les gonzesses sont folles, je ne t'apprends rien. Une fois qu'elles en ont eu, elles s'imaginent que c'est pour la vie. Alors, il a un mal fou pour s'en débarrasser, si bien qu'il a toujours deux ou trois maîtresses qui se chevauchent... Pas de danger qu'il y en ait une qui abandonne... Pauvre mec, il est obligé de les baratiner. Il a, paraît-il, un mal fou à se dépêtrer de tous ces paquets de seccotine. Ça fait des drames dans sa vie. Des mômes qui veulent se crêper le chignon, se faire la croix des vaches ; il y en a qui le menacent, d'autres qui le supplient... Pour se faire une raison, il en prend une ou deux en supplément. Je me demande comment il peut encore donner ses coups de gueule, comment il conserve sa voix veloutée avec ce gaspillage... A part ça, un bon type. Pas trop crâneur avec les copains. C'est rare, tu sais... Rien du Manola... C'est curieux d'ailleurs, de constater la différence qu'il peut y avoir entre nos ténors nationaux, entre nos quatre grands, si j'ose dire. Manola : con et tante. Francis : marié, sérieux, bourgeois et gentil. Dossegor : bohème, cavaleur, j' m'en foutiste ; et Henri Martinière : le sombre.

— Parce que tu le connais aussi le ténor de la Porte-Saint-Martin ?

— Je veux... Martinière est un neurasthénique. On se demande pourquoi. Il touche dans les quarante billets à chaque représentation. S'il a le foie malade, je crois qu'il pourrait se le soigner. Mais non. Il doit avoir la folie de la persécution. Il s'imagine que tout le monde lui en veut. Regarde sa gueule en scène... Il a tout du constipé ! Ah ! celui-là, il ne fait pas bon l'approcher. Il vous tend un bout de main hargneux et vous regarde comme si on venait de pisser sur son pardessus. Je ne pense pas qu'il ait beaucoup d'amis. Quelques domestiques, des esclaves qui le supportent pour son fric, c'est tout. Tu vois la différence qu'il peut y avoir entre quatre seigneurs de la scène qui donnent dans la guimauve tous les quatre.

— Jo le Baryton, qu'il m'a dit Lambert, ironique, t'es pas un homme, t'es un bottin...

Là-dessus, il s'est levé et m'a invité à le suivre...

Il était près de deux heures quarante-cinq. La matinée devait être commencée.

Nous nous sommes rendus dans la loge de Mme Cloporte.

Elle était prévenue. Toujours pour le vol des bijoux, censément.

Elle nous a bien reçus.

On a pénétré dans son antre. Ça sentait le vieux ragoût et l'urine de chat.

Dire qu'il y avait du soleil au-dehors et, sous ce beau soleil, une petite gosse adorable qui s'appelait Monique et qui avait rendez-vous avec moi le lendemain !

On s'est installés sur un vieux canapé qui avait dû perdre ses ressorts pendant l'exode...

Trois heures à attendre, quoi !

La mère Cloporte aurait manqué à tous ses devoirs de pipelette si elle n'avait été curieuse et bavarde.

Par elle, on a pu se rendre compte de la valeur de ce qu'on appelle un secret.

Elle savait, comme la moitié du personnel, pour ne pas dire la totalité, qu'on recherchait une jeune artiste soupçonnée de complicité dans un vol de bijoux.

Avec un sourire qui voulait être gracieux, elle est venue s'installer en face de nous.

Pas belle à regarder, la vioque. Un vrai hibou.

Elle portait les seins à la taille.

En vedette américaine. Et quels seins : deux bonnets de coton, avec une pierre dans le fond.

Et avec ça, des odeurs... Passons...

— Alors, comme ça, qu'elle nous a dit, paraît qu'il y en a une de la troupe qui serait compromise dans un vol de pierreries ?

Là-dessus, mon Lambert, qui adore ce genre de plaisanteries, a commencé à raconter une histoire rocambolesque qui valait dix. Ça débutait sur la Côte d'Azur, se poursuivait à Anvers, pour aboutir à la gare Saint-Lazare.

Toutes les plus hautes personnalités étaient dans le coup : comme victimes : l'Aga Kan, la Bégum, Picasso, Charlot, le baron de Rotschild, Boussac. Je crois même qu'il a ajouté Ledru-Rollin et Edgard-Quinet... Des milliards, qu'on leur avait fauchés.

Il y avait le hold-up à Marseille, le règlement de comptes à Toulon, une poursuite en Belgique, les coups de feu à la frontière, la bagarre rue de la Charbonnière et lui, Lambert, toujours à l'affût, toujours vainqueur.

Jamais la vieille n'avait lu ça pour quinze balles dans son *France-Soir*.

Elle en était cramoisie. Elle bavait de joie.. et d'émotion.

Elle n'a pas eu le temps de mijoter son plaisir. On frappait au carreau de son antre.

Un commissionnaire apportait une gerbe de fleurs pour remettre à M. Jacques Dossegor et demandait le numéro de sa loge.

En moins de deux, mon Lambert a bondi. Il a pris, sans ménagement, le bouquet d'œillets doubles et a dit au porteur :

— Laissez ça là, on la portera nous-mêmes.

Le gars a fait la gueule. Il voyait son pourliche se débiner.

Grand seigneur, Lambert a sorti une pièce de cent francs et lui a glissé dans la main.

L'autre a souri, satisfait, rassuré... Il est reparti en chantonnant.

La concierge a demandé s'il fallait aller la remettre au ténor.

Avant de donner son avis, Lambert a regardé attentivement les fleurs, a décacheté l'enveloppe qui était jointe à l'envoi, en a extrait une carte et a lu à haute voix :

— *Bon courage et bon succès.. Comme toujours... Ta Choute.*

— C'est sa dernière, nous a immédiatement renseigné la pipelette. Un mannequin de chez Fath... Une fille formidable. Et amoureuse. Ah ! il en a de la veine, ce M. Dossegor.

Avant de l'autoriser à remettre la gerbe à l'intéressé, Lambert l'a un peu questionnée :

— Il reçoit souvent des cadeaux, votre ténor ?

— Tous les jours... Tous les soirs... Les femmes sont folles, mon bon monsieur. Quand ce n'est pas des fleurs, c'est du parfum, un stylo, une ceinture en crocodile, des cigares, des gâteaux, une pipe... Comment voulez-vous que les artistes n'aient pas la tête tournée ? Ils deviennent plus ou moins...

Elle n'osait pas dire le mot.

Lambert l'a aidée :

— Maquereaux ?

— Oh ! ce n'est pas tout à fait cela que je voulais dire, s'est-elle excusée...

D'un geste, il l'a expédiée vers les coulisses.

Pendant son absence, il m'a rancardé rapidement :

— D'après notre correspondant anonyme, ce n'est qu'après la matinée que nous verrons apparaître la personnalité qui, paraît-il, en sait long sur l'assassinat des deux autres ténors... Attendons. Toutefois, étant donné le précédent, je me méfie d'un coup de Jarnac à la Francis. Avant l'heure prévue... C'est ce qui t'explique notre planque et mon désir de ne laisser pénétrer personne auprès de notre vedette-maison. Pas même une de ses favorites, si une de celles-ci désirait lui faire une démonstration de tendresse à l'entracte... Compris ?

— Gi.

La concierge est revenue. Toute frétillante et les nichons roulant de droite à gauche.

— Ça y est. J'ai remis la gerbe à son habilleuse. Parce que lui est en scène. Ce n'est que le quatrième tableau. Celui où il s'aperçoit que le fils du consul veut lui soulever Pepita, la nièce du général mexicain.

— Parfait.

Elle aurait désiré que Lambert continue l'histoire des bijoux, mais il en avait marre. Moi aussi.

Là-dessus, nouveau coup frappé contre les carreaux.

Un deuxième porteur de fleurs.

Une jolie boîte de chez Baumann.

Même réflexe de Lambert. Gueule en coin de rue du commissionnaire. Même geste généreux à son égard.

Avec cent balles, on en faisait ce qu'on voulait, de ces tordus.

Lui aussi est reparti en chantant.

Lambert m'a dit :

— Je vais mettre ça sur la note de frais.

La boîte était également accompagnée d'une enveloppe, que l'autre poulet a fait sauter en moins de deux.

Il nous a régalé du contenu :

— *Ces roses te rediront tout mon amour. Ta Jacqueline.*

La concierge s'est esclaffée :

— Oh ! celle-là ! Une vraie cinglée... Si c'est pas malheureux, mes bons messieurs. Figurez-vous qu'elle est mariée et qu'elle a deux enfants... C'est-y pas une honte ? Et vous savez... Bien mariée... Avec un haut fonctionnaire des Finances... Oui, des Finances... Un monsieur qui gagne dans les deux cent mille francs par mois. Cette espèce de grue, parce que je ne mâche pas mes mots, moi, je dis : cette espèce de grue est venue l'attendre un après-midi, après la matinée, avec ses deux enfants, deux amours de six et huit ans. C'est des trucs que je ne peux pas admettre. Qu'est-ce qu'elle peut leur raconter, à ces petits anges, pour leur expliquer qu'elle vient se faire embrasser par M. Jacques Dossegor ? Et elle doit leur faire jurer de ne rien répéter au père. Je vous dis que je trouve ça honteux. Bien sûr… je sais ce que c'est que l'amour… Quand que c'est que ce démon-là vous tient, mais tout de même, il y a des limites. Faut reconnaître qu'elle est jolie. Et qu'elle porte la toilette d'une façon extraordinaire… mais tout de même… deux gosses ! Ça ne vous dit rien ? Et si le ténor y en collait un troisième ? Hein ? Avez-vous pensé à ça ? C'est le monsieur des Finances qui le reconnaîtrait… Vous trouvez ça propre, vous autres ?

Elle était déchaînée.

Lambert a mis fin à sa diatribe.

— Allez porter la boîte.

Elle s'en est allée. Mais pas avec le même entrain que précédemment… Elle a même craché par terre en signe de mépris.

Elle est revenue au bout d'un quart d'heure.

— C'est le sixième tableau… Quand il se fait corsaire et qu'il embarque pour la mer de Chine. Dans dix minutes, c'est l'entracte… Vous allez voir la cohue.

— Vous connaissez la consigne, a répliqué Lambert. Pour cet après-midi, aucune personne étrangère sur le plateau. Mon ami, seul, aura droit, après le spectale, d'aller voir quelqu'un. Voici son laissez-passer.

Elle a hoché la tête. Elle était prévenue par la direction.

Nous avons encore attendu un bout de temps… Les minutes semblaient longues dans cette loge sans air et puante.

Enfin l'entracte.

Sous le porche, on a vu s'engouffrer la cohorte

habituelle des pouliches en chaleur. Elles voulaient toutes se faire dédicacer leur programme. Une ou deux, des anciennes maîtresses sans doute, se montraient plus exigeantes et voulaient pénétrer sur la scène. Tout ça a été viré gentiment par un Lambert qui a encore trouvé un truc pour nous faire marrer...

— Impossible d'entrer aujourd'hui, qu'il a gueulé, on vient de signaler un cas de poliomyélite dans la troupe. M. Dossegor est obligé de se tremper le derche dans un bain de pénicilline. Il ne peut pas recevoir. Revenez la semaine prochaine.

Les filles se sont débinés en gloussant, sans chercher à comprendre. Elles devaient se représenter leur idole, la culotte baissée et le fessier marinant dans une cuvette.

A la fin de l'entracte, un nouveau commissionnaire est encore venu frapper à la porte. Un moujingue... Il portait une grande boîte de chocolats de la « Marquise de Sévigné ».

Sur la boîte, un simple bout de papier avec un nom : *Berthe.*

Le jeune porteur a eu droit, lui aussi, à sa pièce de cent francs. Il en a sauté de joie.

Comme pour les deux précédents envois, la mère Cloporte nous a affranchis.

— Berthe... Elle n'a rien osé lui mettre. C'est la fin, avec celle-là. Elle le sent bien et ce n'est pas ses cadeaux qui lui ramèneront son beau Jacques.

— Qu'est-ce qu'elle fait, cette Berthe ?

— Préparatrice en pharmacie. Une gentille boulotte. Mais trop réservée pour M. Dossegor. Il n'aime que les filles qui déplacent de l'air, en jettent plein la vue. Cette petite Berthe est très jolie, quoique un peu rondouillarde, mais elle affiche des airs corrects, un peu pincés quand elle entend un mot cru... Alors il lui a laissé entendre qu'elle pouvait disposer de son temps et de sa vie. La dernière fois qu'elle est venue, il y a trois jours, j'ai bien vu qu'elle avait du chagrin, mais elle est trop fière pour le laisser paraître. Si elle croit que c'est avec des crottes en chocolat qu'elle va le repêcher, elle se fout le doigt dans l'œil.

On a écouté ce nouvel épisode avec un peu de fatigue. Décidément, on s'y perdait avec les conquêtes de ce Don Juan de l'opérette.

— Allez lui porter, a dit Lambert.

Elle a pris son temps.

— Vous savez, il ne mange rien pendant la représentation... A cause de sa voix. Je n'ai pas besoin de me presser. Et pourtant, il est gourmand, mais il a trouvé encore plus gourmand que lui... c'est la mère Amélie... son habilleuse. Ah ! celle-là ! elle lui bouffe les trois quarts des chatteries qu'il reçoit.

Elle nous cassait les pieds avec tous ses ragots.

Enfin, elle est partie, puis revenue une bonne demi-heure après... Avec des airs mystérieux.

Elle avait vu la grande Mado, un mannequin qui parlait tout bas à la petite Dany, une danseuse... Elle avait essayé de saisir la conversation. Elle avait cru entendre vaguement parler d'une bague... De cela, elle avait conclu que c'était une de ces deux filles la voleuse de bijoux qu'on était chargés de surveiller.

Là-dessus, elle nous a raconté une histoire qui s'était passée à l'Alhambra, il y avait dix ans, quand elle était concierge dans cet établissement. On s'est mis à somnoler doucement. Moi, personnellement, j'aurais donné gros pour être ailleurs, et pourquoi ne pas le dire, pour flirter avec la petite Monique dont l'image me poursuivait sans cesse.

Tout à coup, elle a poussé un cri :

— C'est la fin...

Déjà les accessoiristes, qui avaient hâte de respirer le grand air, quittaient la scène et passaient devant la loge en sifflotant. Puis, ce fut le tour des musiciens... Une danseuse encore toute peinte, puis deux autres. Encore des machinistes, des choristes.

— Il y en a qui restent à manger dans leur loge. Ça leur évite de se démaquiller et de se remaquiller. Ça leur fait des économies. Avec ça que le restaurant coûte des prix fous...

Lambert m'a fait un signe qui voulait dire : « A toi. »

J'ai compris... J'ai saisi le laissez-passer et me suis dirigé vers le plateau.

Je me suis heurté à un vieux régisseur bourru.

— La loge de M. Dossegor, s'il vous plaît ?

— Vous avez une autorisation ?

— La voilà. D'ailleurs, je suis M. Jo Barnais, le baryton bien connu.

— Ah ! oui, qu'il a souri, très radouci, parce qu'il venait subitement de me reconnaître.

» Loge 3, qu'il a ajouté. Vous allez être obligé d'attendre un peu. Il est toujours très long à se mettre en costume de ville. Mais vous direz votre nom à son habilleuse. Elle se fera un plaisir de vous introduire. Vous êtes de la partie, ce n'est pas la même chose que si vous étiez un étranger.

Je me suis dirigé vers la loge 3 et j'ai frappé.

Quand je dis : j'ai frappé, je crois pas, quand j'y réfléchis, que j'aie eu le temps de porter mon doigt sur la porte.

Celle-ci s'est ouverte brusquement et... l'habilleuse m'est tombée dans les bras. Elle gémissait. Elle se tenait le ventre. Elle avait un filet de salive blanchâtre qui lui coulait des lèvres.

Elle avait les yeux révulsés. Elle a péniblement articulé :

— Là... Lui... Là...

J'ai été pris de panique subitement. J'ai crié :

— Au secours... Vite... vite...

Le vieux régisseur est accouru. Il était suivi des deux faux machinistes mis là en observation par Lambert.

— Qu'y a-t-il ?

— Qu'est-ce qui se passe ?

J'étais bien incapable de leur dire avec cette pauvre femme qui venait de se laisser aller dans mes bras, comme si elle était morte.

Les autres sont entrés dans la loge.

Ils en sont ressortis aussi vite qu'ils y avaient pénétré.

— Appelez le chef, m'a dit un des poulets-machinos. Le gars Dossegor est à moitié mort. Il est étendu sur son divan. Il se tord comme un ver. Il a une bave blanche qui lui sort de la bouche. On dirait qu'il s'est empoisonné.

Déjà, deux ou trois artistes étaient venus à la rescousse.

— Le médecin de service ! a crié l'un d'eux.

— Il est parti depuis longtemps, a crié le régisseur. La matinée est finie depuis un quart d'heure.

— Pas de temps à perdre... Appelez Lariboisière... Avec une ambulance... De toute urgence.

C'était Chadal qui venait de quitter son poste et qui donnait ses instructions. Moi, j'avais laissé tomber la pauvre femme par terre. Elle ne disait plus rien. Elle avait les yeux glauques et une bave blanche coulait sans répit de sa bouche.

Les deux autres poulets sortaient le pauvre Dossegor, qui était encore enveloppé de son peignoir de loge. Il gémissait à peine. Lui aussi tirait la langue et salivait une sorte de liquide amidonné.

Chadal m'affranchit d'un mot :

— Empoisonné.

Il a continué à diriger l'opération.

— Que personne n'entre dans la loge... Que personne ne touche à la boîte de chocolats qui est sur sa planchette à maquillage.

Puis il s'est tourné vers moi.

— Va chercher Lambert. Cavale. Urgent...

Complètement abasourdi, j'ai couru comme un petit garçon.

Je n'ai pas eu besoin d'aller jusqu'à la loge de la concierge.

Lambert m'est apparu à l'entrée du plateau.

Il était accompagné d'un monsieur.

Celui qui devait venir demander après Jacques Dossegor après la représentation...

Et ce monsieur, c'était Jean-Jacques Brinès, le célèbre compositeur de toutes les grandes opérettes à la mode.

## XX

Il était plus de minuit lorsque je me suis retrouvé seul dans le calme de mon petit studio.

Je me suis collé au pajot en vitesse, mais je n'ai pu fermer les yeux.

J'ai revécu tous les événements de la journée.

Quel cinéma !

Ça se bousculait dans mon crâne... Avec des images en surimpression.

J'ai essayé de remettre un peu d'ordre dans mes idées. De faire une mise au point. De voir clair dans cette hécatombe de ténors...

Impossible...

Tout cela était trop frais. Et puis, j'étais abruti par ces multiples questions qui m'avaient été posées.

Je me revoyais avec la mère Amélie, l'habilleuse bavant dans mes bras. Le pauvre Jacques Dossegor enveloppé dans son peignoir de loge et porté jusqu'à l'ambulance comme un paquet de linge sale.

Tous les deux clabotés depuis déjà cinq minutes. L'arrivée à Lariboisière... La ruée des journalistes... Les interviews que j'avais subis de la part de tous ces curieux...

Car c'était moi, oui, moi : Jo Barnais, qui, le

premier, avait frappé à la porte et amené la découverte des deux victimes du cyanure.

Je dis bien : du cyanure. La boîte aux chocolats avait été remise immédiatement entre les mains des toxicologues et leur rapport avait été rapide et formel.

Toute la rangée de crottes en chocolat qui garnissait le dessus de cette boîte fatale avait été truquée et chaque bonbon contenait un gramme de cyanure de potassium.

De quoi tuer toute la troupe du Mogador si le ténor avait eu la fantaisie d'en offrir à ses camarades.

De quoi me faire passer de vie à trépas, moi, Jo le Baryton, si j'étais arrivé cinq minutes plus tôt auprès de ce cher collègue qui, par courtoisie, m'aurait invité à partager ses sucreries.

Brr... A cette pensée, j'ai senti se contracter mes cordes vocales. Le trac, quoi... Comme lorsque j'avais chanté pour la première fois au Capitole de Toulouse.

Quelle cohue sur le plateau avant le départ pour l'hostau !

Tous les cabots qui n'avaient pas encore quitté le théâtre.

Le régisseur, l'administrateur, le directeur.

Tout ce monde donnant son avis...

Et, du côté directorial, cherchant à sauver la recette du soir en alertant la doublure de Dossegor.

Quant au célèbre compositeur Jean-Jacques Brinès, il semblait atterré devant ce nouveau et troisième cadavre de ténor.

Lambert l'observait intensément.

Les agents qui, eux aussi, avaient été requis pour accompagner l'ambulance, m'avaient demandé courtoisement de les suivre afin qu'ils puissent recueillir ma déposition.

Lambert avait eu le temps de me dire, à voix basse :

— Le gala... Pas autre chose...

J'avais pigé.

Si bien que lorsque nous eûmes déposé les deux cadavres à Lariboisière et que je me retrouvai devant le secrétaire du commissaire, je ne pus que jurer sur l'honneur que j'étais venu solliciter mon camarade Dossegor pour obtenir son précieux concours à un gala organisé par la Croix-Rouge.

Le régisseur avait confirmé l'heure de mon arrivée. Je n'étais pas en cause, bien entendu, mais je devenais le principal témoin. Sur le moment, je n'y avais pas réfléchi, mais lorsque j'ai vu la cohorte des journalistes, des photographes, lorsque j'ai subi les éclairs des flashes, les mille questions indiscrètes des pisseurs de copie, j'ai compris que je n'avais plus besoin d'aller aux enterrements des vedettes, de me bousculer avec les copains pour être au premier rang, qu'il était inutile que je me glisse aux « générales » pour me faire remarquer par les soiristes. J'avais subitement atteint la grande vedette de la presse.

Qu'est-ce que j'allais avoir comme publicité, le lendemain matin !

Déjà, un journal du soir avait tiré une édition spéciale. J'étais cité en première page. Avec une photo en gros plan. A dire vrai, j'étais assez mochetoc sur l'image. Je faisais une gueule de traviole et j'avais deux grandes rides de chaque côté de la bouche. J'avais plutôt l'air d'un forçat évadé que d'un charmeur barytonnant pour dames mûres.

« Pourvu que la petite Monique n'achète pas ce numéro », que j'ai pensé aussitôt. Cette putain de photo me foutait un sacré coup de vieux qui pouvait la dégoûter pour le rendez-vous du lendemain.

Monique. Rien que de murmurer son nom, je me sentais tout frétillant sous les draps... En une seconde, je chassai l'image des deux macchabées.

J'ai voulu m'endormir sur cette pensée.

Va te faire foutre ! J'ai repassé tout ce qui avait été déjà écrit dans la feuille du soir par des reporters spécialisés.

Ils s'étaient mis à quatre pour pondre trois pages de copie.

A la une, l'un d'entre eux soulignait l'étrangeté de cette hécatombe de ténors... Trois en huit jours... Ça faisait un peu beaucoup !

Là-dessus, le même revenait sur le cas Manola... sur celui de Rudolph Francis ; il se demandait s'il ne fallait pas voir dans cette série noire le doigt de la fatalité.

Un autre de ses collègues opinait pour le crime en série d'un maniaque ou d'un sadique.

Un troisième insinuait que, cette fois, le crime était signé. Avec de multiples précautions, il accusait, quand même, la jeune maîtresse délaissée de Jacques Dossegor, en signalant que cette dernière était préparatrice en pharmacie et qu'il était extrêmement facile, dans un tel emploi, de se procurer du poison sans ordonnance.

Evidemment, ça tenait debout. J'avais été moi-même partisan de cette dernière hypothèse.

Seulement, j'aurais aimé connaître l'opinion de Lambert avant d'opter définitivement pour cette dernière solution.

Enfin, le quatrième journaleux mentionnait la présence de Jean-Jacques Brinès à la fin de la représentation.

Il avait demandé, paraît-il, à être introduit auprès de Jacques Dossegor. Pourquoi ?

Il avait eu l'idée, tout simplement, de venir le solliciter pour être la vedette de sa prochaine opérette.

Celle qui avait été retenue par le théâtre de l'Empire pour les fêtes de fin d'année.

Et comme il fallait, très longtemps à l'avance, s'assurer le concours d'un jeune premier ténor en renom, il s'était décidé à pressentir un des quatre grands dès maintenant...

Tout semblait simple et précis. Tout était compliqué et mystérieux.

En plein cirage. On était en plein cirage...

Décidément, je ne pouvais pas m'endormir.

Avec ça que j'avais eu la malencontreuse idée de m'arrêter au Monte-Carlo pour me taper un sandwich avant de monter dans ma carrée, et qu'à peine assis, j'avais dû faire face à une nuée d'emmerdeurs, depuis les garçons jusqu'aux clients, sans oublier la mère Pipi, qui étaient venus me poser des questions plus connardes les unes que les autres.

Ça avait fait un attroupement devant la terrasse.

« D'un côté, que je pensais, ça va me valoir une série de contrats. Je vais augmenter mon tarif », ai-je décidé aussitôt.

Là-dessus, au lieu de roupiller, j'ai commencé à ruminer des tas de projets. Deux beaux petits costards que j'allais me faire faire. Des chaussures en croco... J'en avais envie depuis longtemps. Et puis une série de bons gueuletons avec la petite

Monique. J'en faisais ma maîtresse attitrée. Je lui achetais toute une garde-robe. Des sacs… Des bas… Je l'emmenais avec moi en tournée. Elle était au premier rang pour m'applaudir. Je me faisais plus tendre et plus charmeur que jamais. Je la regardais quand j'annonçais ma goualante : *Ton cœur a pris mon cœur…* Elle en rougissait…

J'ai dû me retourner plus de vingt fois avant de fermer les yeux.

Manola… Francis… Dossegor… Lambert… Chadal… Evelyne… Les photos pornos…Amélie… La concierge… l'ambulance… Tout ça qui dansait devant mes rétines… Puis Monique… rien que Monique… Ses dents… Son sourire… ses lèvres…

J'ai tendu les miennes, machinalement…

J'ai enfin sombré dans le grand noir…

# XXI

Elle m'est apparue moulée dans un ravissant petit tailleur d'été couleur sable.

Ses beaux cheveux flottaient au vent.

Ses dents étaient encore plus éclatantes tant le sourire avec lequel elle m'aborda était resplendissant de grâce et de jeunesse.

Elle était exacte au rendez-vous. Ou presque... Il était onze heures cinq. Cinq minutes de retard, pour une femme, c'est de l'exactitude.

Quant à moi, selon ma déplorable infirmité, j'étais encore en avance d'un quart d'heure.

Ce qui m'avait valu la même cérémonie que la veille au soir. Attroupement des loufiats... curiosité des premiers clients du matin, interrogatoire serré du patron du Monte-Carlo, questions indiscrètes du chasseur, de quelques tapineuses déjà sur le turf. Enfin, quoi, la badauderie habituelle.

Il faut dire que la presse m'avait gâté.

Pas un journal qui n'ait tenu à publier ma photo en première page.

Hélas, sur presque tous, j'avais une sale gueule. Cependant, deux ou trois m'avaient fait passer un cliché que je réserve généralement pour les programmes. Beau gosse, l'œil inspiré et perdu dans les volutes de la fumée d'une cigarette, le chapeau avec bord rabattu sur le côté, je faisais vraiment grande vedette de la scène...

Un coup de pot... c'est un de ces journaux que Monique tenait à la main.

J'avais déjà pu constater, en quittant mon domicile, l'importance que j'avais soudain acquise en devenant le principal témoin du troisième assassinat d'un ténor.

Ma concierge avait été souriante au possible, elle m'avait marqué une grande déférence en me demandant ce que je savais du drame.

Comme j'avais beaucoup de temps devant moi, je m'étais montré assez aimable et explicite, ce qui m'avait valu, pensais-je, les grâces de cette préposée au balai, pour les mois à venir.

Je compris immédiatement, en voyant Monique, que j'avais également augmenté mon standing à ses yeux en prenant la première place de l'actualité criminelle.

Je l'accueillis avec une courtoisie dont je ne me croyais plus capable depuis longtemps.

D'un mot bref, et d'un geste brusque, je fis comprendre à mes interlocuteurs empressés que je désirais rester seul avec cette jeune et jolie femme.

Ils s'éparpillèrent, non sans grogner, pour former plus loin des petits groupes ressassant les mille détails donnés par les reporters.

Dès que je fus seul en tête à tête avec Monique, je me sentis devenir un autre homme... Curieux, ce sentiment !

Elle aussi devait m'interroger longuement sur les détails du drame. Elle ne pouvait s'imaginer, me dit-elle, qu'en déjeunant à mes côtés ce dimanche-là, elle était appelée à connaître un artiste dont tout Paris parlerait le lendemain.

A dire vrai, j'aurais mieux aimé que la presse vantât mon talent, mon interprétation et la chaleur caressante de ma voix, que ma présence d'esprit à faire transporter le pauvre Dossegor à Lariboisière.

Car cette initiative était portée à mon crédit.

« Enfin, pas de regrets », me dis-je. Bien content de me voir si bien cité dans les journaux... Surtout que quelques-uns des journalistes spécialisés avaient évoqué mon passé artistique en relatant quelques-unes de mes créations : *le Train fatal, le Moulin de Maître Jean, la Vipère du trottoir, J'ai gardé ta photo sous mon oreiller, Garde ton cœur, Madeleine, J'ai pleuré sous ta jupe, Donne-moi une mèche de tes cheveux,* etc.

En s'asseyant à mon côté, Monique me tendit une adorable menotte que je m'empressai de baiser assez longuement.

Elle rougit légèrement. C'est aussitôt après qu'elle commença à me mitrailler de questions.

Lorsque je lui eus tout raconté, sauf ce qui concernait mon rôle secret aux côtés de Lambert et Chadal, ce fut à mon tour de lui demander quelques détails sur sa vie.

Elle ne m'apprit rien d'autre que ce qu'elle m'avait déjà confié. Elle travaillait cinq jours par semaine dans un institut de beauté de la place Vendôme. Ce n'était que du provisoire car elle était bien décidée à affronter les feux de la rampe et à conquérir Paris, un jour ou l'autre, en se faisant remarquer dans une opérette célèbre.

Je lui réitérai le plaisir que j'aurais à l'épauler, à l'aider.

Le regard qu'elle me lança, pour me remercier de cet appui problématique, finit de me rendre complètement dingue.

Midi sonnait.

J'avais compris, en bavardant avec elle, que je n'avais pas affaire à une de ces jeunes poupées qu'on invite à casser la graine et qu'on embarque après le café pour une partie de jambes en l'air.

Il me fallait agir autrement si je voulais obtenir, plus tard, beaucoup plus tard, les faveurs de la belle.

Comme je lui avais suggéré, la veille, un déjeuner à la campagne, je lui renouvelai ma proposition.

L'emmener à Nogent ? Ça me semblait tarte. Le lundi, c'est fréquenté par de jeunes harengs qui jouent aux caïds. Et puis, franchement, je ne la voyais pas, pas plus que moi d'ailleurs, parmi tous ces hotus... Non... Je rêvais de quelque chose de plus distingué, tout en ayant l'attrait du plein air car le temps était magnifique.

C'est alors que l'idée m'est venue de l'emmener à Saint-Cloud. Aux courses.

Pendant des années j'ai fréquenté les courtines. Je ne suis pas un flambeur invétéré, mais tout de même, il ne me déplaît pas d'exercer ma sagacité à la recherche d'un outsider.

Elle ne connaissait rien au sport hippique, mais elle me fit comprendre, par son enthousiasme subit, qu'elle était ravie de cette idée.

Parfait, nous irions donc déjeuner au pesage et nous passerions la journée à encourager la race chevaline.

Cependant, elle me questionna encore afin de savoir s'il ne me coûtait pas trop de ne pas assister aux obsèques de mon camarade Rudolph Francis.

Je ne sais quelle mièvrerie je lui répondis, mais elle crut que je lui sacrifiais un devoir profond et extraordinaire pour le plaisir d'être à son côté.

Elle ne pouvait savoir, cette gentille souris, que la mort et l'enterrement d'un de mes collègues me laissaient aussi frigo que ma disparition subite pourrait les laisser tous.

C'est le métier qui veut ça.

Tous jalminces les uns des autres dans cette profession. En principe, on ne veut bien reconnaître du talent aux copains que lorsqu'ils sont morts ou à la maison de retraite.

Fort de son approbation, j'ai hélé un taxi, place de l'Etoile.

Le chauffeur, un flambeur aussi, comme quatre-vingts pour cent de ses collègues, n'a fait aucune difficulté pour nous trimbaler jusqu'au champ de courses.

Au restaurant du pesage, surtout en semaine, c'est plutôt bien fréquenté.

Des propriétaires, des entraîneurs, quelques gros books, de belles filles.

Flattée qu'elle a été, ma Monique, de se trouver dans ce milieu.

Surtout que je suis assez connu du personnel et des habitués, que j'étais la vedette du jour, et que cela m'a valu une réception du tonnerre avec courbettes, sourires et dos voûtés des maîtres d'hôtel.

On a fait un bon petit gueuleton.

Après le déjeuner, j'ai fait mettre une bouteille de Pommery sur la table. Puis, j'ai joué au petit bonheur.

Décidément, j'étais en veine. J'ai touché un outsider à vingt-cinq contre un dans la deuxième.

Vingt-six mille balles pour mes mille francs. Ça m'a posé vis-à-vis de la gosse.

Elle n'aurait pas été plus fière si elle avait été à la table d'Ali Khan.

A plusieurs reprises, je fis des allusions au plaisir que j'aurais de prolonger cette journée par une nuit passée ensemble.

Chaque fois, son front se rembrunit et son sourire fit place à un petit air distant qui me fit suffisamment comprendre qu'il fallait y aller mollo.

C'était bien ce que j'avais pensé dès le premier contact. Ce n'était pas du tout cuit... Pas du tout le genre des filles à autographes. Il me fallait avoir de la patience, du tact, de la délicatesse.

J'étais bien décidé à en avoir.

Cette petite me plaisait follement et je crois bien que j'allais aimer pour la première fois de ma vie.

Jo le Baryton amoureux ? Voilà qui ferait marrer doucement mes bons potes de la poulaille.

Nous avons encore bavardé longuement de ses projets artistiques. Sans avoir l'air d'y toucher, elle m'a rappelé mes engagements de l'aider et de la présenter à des personnalités susceptibles de l'engager.

C'est alors que j'ai pensé à Bourgade.

Le chef des chœurs du Châtelet.

Un vieux copain. Un bon copain. Pas méchant pour un sou. Un peu gâteux... mais à son âge ! Toujours prêt à rendre service. Bonne idée. Je lui promis de la présenter à cet éminent directeur des choristes.

C'est moi qui avais trouvé cette formule « éminent directeur ». Ça faisait mieux. Ça posait le titulaire et moi aussi par la même occasion.

Nous convînmes que je prendrais rendez-vous avec lui pour le samedi soir.

Le Châtelet ne devant rouvrir ses portes que la semaine qui suivrait, nous aurions ainsi tout le temps de bavarder ensemble.

Je me proposais de tout faire, d'insister, pour que ce vieux camarade donne sa chance à la petite Monique et lui accorde un tour de faveur.

L'après-midi passa avec une trop grande rapidité, à mon gré.

Chose inouïe, je sortis gagnant du champ de courses. J'étais décidément dans une passe de veine.

Un taxi nous raccompagna jusqu'à la rue Delambre où la petite m'avait demandé de la déposer.

Je voulus la retenir pour un ultime apéritif. Ce fut en vain.

J'eus quand même droit, après une insistance contraire à mon comportement habituel, à un baiser rapide sur le coin de la bouche.

— A samedi, me dit-elle en sautant hors du tacot.

— A samedi, lui répondis-je en lui jetant un regard allumé qui devait trahir mon désir.

Elle disparut et je donnai l'ordre à mon chauffeur de me reconduire rue de l'Etoile.

Qu'est-ce que j'allais me taper comme frais de taxi !

Bah ! j'avais gagné quinze billets, tous frais payés. J'étais paré.

Quand je suis passé devant la loge de ma concierge, celle-ci m'a sauté sur le paletot.

— Ah ! monsieur Jo Barnais... Quel défilé aujourd'hui ! Des journalistes, des photographes... Votre voisin de palier qui est venu me dire que votre téléphone n'avait pas cessé de sonner... Et, enfin, ces trois pneumatiques arrivés dans le courant de l'après-midi.

Décidément, j'étais devenu l'artiste le plus en vue de la semaine.

Premier pneu : de Lambert.

*On t'attend demain à onze heures à la boîte. Lambert.*

Deuxième pneu : du directeur de Bobino.

*Cher ami. On ne vous voit plus depuis quelques mois. Que devenez-vous ? Il serait possible d'envisager une affaire de quatorze jours à partir de vendredi en huit... Etes-vous libre ? Venez nous voir d'urgence. Nous essayerons de trouver un terrain d'entente. Bien cordialement à vous.*

Ah ! ces directeurs !

Il fallait un scandale semblable dont j'étais le témoin et le héros involontaire, pour qu'ils se rappellent mon existence.

Tous les mêmes. Le talent, ils s'en foutent... Ce qu'ils demandent, c'est la publicité sur un blaze. Ah ! s'ils pouvaient engager le clan Dominici à la place des Compagnons de la Chanson !

Pas la peine d'en faire une histoire.

Il faut s'armer de philosophie.

Leur faire payer leur engouement passager.

Telle fut la réflexion que me suggéra cette babillarde.

Troisième pneu : anonyme.

*Camarade... Savez-vous que celui qui dirige dans l'ombre les tueurs des ténors n'est autre qu'Henri Martinière ? Gardez ça pour vous, c'est plus prudent.*

Alors là, je me suis pris la tête dans les mains.

Qu'est-ce que c'était que cette salade ?

Henri Martinière... le ténor de la Porte-Saint-Martin ? Pas possible. Martinière le neurasthénique... L'aigri... Le méchant.

Et pourquoi m'écrire ça à moi ?

Qui m'envoyait ce papelard ?

Je me sentais devenir sinoque.

J'ai relu la missive...

C'est alors que j'ai constaté que les trois « A » de « camarade » étaient légèrement désaxés.

# XXII

Si je n'avais pas la tête bien solide sur mes épaules, j'aurais pu croire, le lendemain matin, que j'étais l'artiste le plus en vogue de l'époque.

Un courrier monstre.

Des lettres d'impresarios... De Marseille, de Casablanca, de Lyon, de Lille... Des propositions d'un metteur en scène pour tourner un rôle épisodique dans le film *les Amours d'une gommeuse,* scénario 1900, avec Jean Gabin et Martine Carol.

D'anciens camarades de régiment qui se rappelaient à moi.

Deux vieux collages qui m'envoyaient leur photo, pour me montrer qu'elles n'étaient pas complètement déjetées et me laissaient comprendre que la lecture de mon blaze, dans les journaux, leur avait redonné des frissons sensuels.

Des prospectus en quantité... Pour des photographes, pour des marques de savon qui se déclaraient prêtes à m'expédier des monceaux de savonnettes contre attestation de ma part que je n'employais exclusivement que leurs produits... Des tarifs spéciaux de l'*Argus de la Presse* qui voulait me faire parvenir toutes les coupures de journaux me concernant. Les offres d'un grand tailleur désireux de m'habiller à bon compte à condition que je glisse un mot dans mes déclarations à la presse pour signaler que la mère Amélie, morte dans mes bras, avait souillé de sa salive mon complet Prince de Galles de chez X... Un costume qui valait trente-cinq mille francs, payables en trois échéances, d'une coupe irréprochable.

Les gens sont cinglés... Ils s'imaginent que les journalistes vont publier des trucs comme ça.

Les malheureux !

Qu'est-ce qu'ils se feraient briser par leur service de publicité !

J'avais pris la précaution de décrocher mon récepteur en rentrant, sans quoi, le téléphone m'aurait empêché de roupiller.

Ce qui ne veut pas dire que j'ai mieux dormi...

Non... J'en avais trop dans le citron...

J'ai gambergé toute la nuit...

Qu'est-ce que c'était que cette histoire d'Henri Martinière, seul ténor survivant des quatre grands, qui serait à l'origine des trois autres meurtres ?

Pourtant !

En y réfléchissant : la mort de ses éminents collègues le hissait à la première place... Il pouvait, dès aujourd'hui, se considérer comme le seul as du charme et du *bel canto*.

Sans concurrent.

Ce Martinière était peu sympathique. D'accord...

De là à manigancer un complot semblable !

Oui, mais, sait-on jamais ?

Bien sûr, que ce mec-là avait quelque chose qui ne tournait pas rond dans le cassis...

Paraît qu'il avait des crises de dépression terribles.

Par deux fois, il avait voulu se faire sauter le caisson…

Chagrins d'amour, prétendait son entourage.

Foie malade, chuchotaient ses amis. Ses rares amis… Ses très rares amis…

Ce qu'on savait, c'est qu'il vivait comme un sauvage dans un bel appartement du boulevard Suchet.

Au sixième étage… Avec vue sur le champ de courses d'Auteuil. C'était pourtant réjouissant et distrayant de voir courir les dadas sans être obligé de passer au guichet pour lâcher son fric.

Lui aussi avait du succès auprès des frangines… Il pouvait s'envoyer toutes les pépées qu'il voulait… Mais il s'en foutait… Il les fuyait… Pourtant, il n'était pas pédé… Alors ?

On en arrivait à se demander ce que ça pouvait cacher…

Enfin, je cherchais qui avait pu m'envoyer cette babille…

C'était le même auteur, sûr, que celui qui avait alerté Lambert et la belle Evelyne à la Gaîté, et, encore une fois, Lambert à Mogador.

Je nageais littéralement. Quand j'étais à bout de tous les raisonnements, de toutes mes déductions, je repensais à la gentille Monique.

Aussitôt, je redevenais un autre homme…

Je dépouillais, en moi, le caractère du gars mal élevé… comme un clochard quitterait ses guenilles pour enfiler un costard du bon faiseur.

Je raisonnais bien… Je raisonnais propre.

Cette petite femme, en un laps de temps relativement court, était la cause de cette transformation.

Dans le fond, j'en étais ravi.

La nuit a été longue. Je me suis levé tôt. J'ai piqué une tête dans ma baignoire pour me rafraîchir les idées.

A dix heures, j'étais dehors...

Je m'étais esquivé comme un voleur pour ne pas tomber encore sur mes bavards de la veille, pipelette comprise.

Je me suis dirigé à pied vers le quai des Orfèvres.

J'avais rendez-vous à onze heures. Bien sûr. Seulement, j'étais sur les bords de la Seine à dix heures et demie.

Allais-je monter au bureau 120 ? Mes deux poulets s'amuseraient à me chambrer et à me mettre en boîte.

Lentement, très lentement, je me suis approché de la grande porte du 36.

Et qu'est-ce que je vois qui en sortait ? Godard ! Antonin Godard, le fameux secrétaire du syndicat fantôme des artistes...

Sur sa sale gueule ravagée par les désirs rentrés, la jalousie et les coups de blanc réitérés, une lueur de satisfaction et de joie.

Qu'est-ce qui avait bien pu amener Godard dans la maison Poulaga ?

Ma vieille curiosité a fait le reste.

Je me suis approché d'un air indifférent :

— Tiens, Godard ? Bonjour, mon vieux. Que fais-tu si tôt dans ces parages ?

— Et toi ?

J'avais préparé ma réponse :

— Je flanoche sur les quais. Je cherche un vieux bouquin qui parle de la création des premiers cafés-concerts.

Ce con a cru que c'était vrai.

Il m'a regardé d'un air envieux.

— On ne parle que de toi sur les journaux de ce matin.

— Je sais.

— Tu en as de la veine ! Ça va te valoir un tas de contrats.

Je n'ai pas manqué d'aggraver sa crise de fiel.

— Déjà, au courrier, j'ai plus de vingt propositions... Et des grosses affaires, que j'ai répliqué négligemment.

Il en a jauni.

— Je m'en doutais.

Il n'a pas loupé l'occase.

— Jo Barnais, tu as toujours été un bon copain. Quoique tu ne fasses pas partie de mon syndicat, je sais que tu ne demandes qu'à être utile aux camarades moins favorisés. Si tu veux, tu peux me faire passer dans tes programmes. Tu n'as qu'un mot à dire. Les directeurs ne peuvent plus rien te refuser. Ils sont assurés de la grosse recette avec un nom comme le tien sur l'affiche.

J'étais en veine de gentillesse. Ou plutôt de vacherie, car j'étais bien décidé à ne pas tenir mes promesses.

— Tonin, mon vieux, tu peux compter sur moi.

Il en a été saisi.

— On va prendre un pot, qu'il m'a proposé.

— Si tu veux.

Je l'ai suivi jusqu'au tabac du Palais. Ce n'est pas que sa présence et sa conversation m'aient causé une grande joie, mais je voulais savoir ce qu'il était venu foutre à la boîte.

Au deuxième coup de blanc, après m'avoir rappelé les succès de sa carrière, les conditions raisonnables qu'il était disposé à faire aux directeurs qui l'engageraient, après m'avoir bavé sur tous les artistes en vogue, il a commencé à me parler de l'affaire.

Mollo, pour commencer. Il avait peur de passer pour un délateur. Il a mis des formes pour m'annoncer la nouvelle.

— As-tu réfléchi à ces trois meurtres successifs de nos meilleurs ténors ?

— Bien sûr.

— Tu ne vois pas à qui cela peut profiter ?

J'ai pris le ton le plus idiot que j'ai pu.

— A leurs parents ?

— Tu me fais mal aux seins. Tu ne vois pas que trois de nos plus grands théâtres d'opérette vont subitement voir leurs recettes tomber à zéro ? Pour commencer le Châtelet, encore fermé, va rouvrir avec un ténor de deuxième zone. Il va s'en ressentir dès la première. La Gaîté, depuis que c'est la doublure à Rudolph Francis qui a repris le rôle, a baissé de vingt pour cent. Dès hier, le Mogador a vu ses recettes diminuer de quarante pour cent... Et ce n'est qu'un commencement. Quel est le seul théâtre qui tienne le coup avec ce genre de spectacle ?

— La Porte-Saint-Martin, que j'ai fait, spontanément... ou presque.

— Tu y es ?

— Tu ne vas tout de même pas me faire croire que c'est le directeur de la Porte-Saint-Martin qui a fait assassiner les trois autres vedettes ?

Il a hésité.

— Non, je n'ai pas l'intention de suggérer pareille hypothèse.

— Alors ?

Il a baissé le ton. Puis, confidentiel et fielleux :

— Il est quelqu'un d'autre qui n'a que bénéfice à tirer de ces meurtres successifs.

J'ai fait celui qui cherchait, qui se creusait les méninges. J'avais déjà deviné où il voulait en venir.

Il a eu pitié de mes efforts...

Il a lâché le paquet.

— Martinière... Henri Martinière... Le seul grand ténor survivant de cette hécatombe... Martinière qui va devenir le premier et qui va en profiter pour faire doubler ses appointements.

J'ai continué ma comédie.

— Ah ! par exemple !... Qu'est-ce que tu me dis là ? Ce n'est pas possible ! Pourtant... en y réfléchissant... Non, je ne veux pas croire... Godard, mon vieux, tu ne peux pas insinuer des choses pareilles sans un commencement de preuves. Tu te rends bien compte de ce que cette accusation peut être grave ?

Il a pris son air rodomont.

— Je n'avance rien que je ne sache...

Du coup, je l'ai regardé, interloqué. Il avait tellement d'assurance que je l'ai cru. J'ai pensé qu'il avait surpris un secret terrible et qu'il était venu s'en libérer auprès de mes deux potes de la poulaille.

Il a encore attendu un instant, jouissant de l'effet qu'il croyait avoir fait sur ma modeste personne.

Au bout d'une minute de silence, il a ouvert son portefeuille, en a tiré un bout de papier et m'a dit tranquillement :

— Lis ça et promets-moi de n'en parler à personne...

Et qu'est-ce que j'ai lu ? Ces mots, tracés d'une main maladroite :

*Camarade... Avez-vous songé qu'Henri Martinière était le seul bénéficiaire du meurtre de ses trois concurrents ? Gardez ça pour vous, mais sachez que c'est lui qui a armé le bras des assassins. Pas un mot à qui que ce soit... Une qui sait tout.*

Et c'était adressé à M. Godard, secrétaire du Syndicat des artistes lyriques de l'opérette.

C'était à peu près les mêmes termes que ceux du poulet que j'avais reçu... Avec la différence qu'il était d'une mauvaise écriture.

Ce qui, dans ma pensée, pouvait faciliter les recherches.

Comme je continuais à réfléchir, sans trop savoir quoi dire, mon Godard m'a affranchi :

— Tu comprends, mon vieux, je ne suis pas un indicateur, mais pour l'honneur de la profession, il y a des choses que mon devoir m'oblige à accomplir. Tel que tu me vois, je viens d'être reçu en audience par les deux policiers chargés de l'enquête. Je leur ai montré le papelard. Ils m'ont remercié de cette preuve d'honnêteté professionnelle. Je les ai beaucoup intéressés. Surtout qu'il m'a été facile de leur indiquer celle qui, selon moi, m'avait envoyé cette lettre.

J'écoutais sans souffler mot. Je craignais qu'une seule phrase de ma part n'interrompe ses confidences.

Il continua :

— Ce doit être Lysiane, sa secrétaire, qui se venge de son dédain à son égard, car tu sais qu'elle était amoureuse de lui. Elle aura surpris ses manigances et, voyant qu'elle n'avait décidément rien à tirer de ce cinglé de neurasthénique, elle n'a pas hésité à m'en informer pour qu'à mon tour, je donne l'alerte à la police et puisse coopérer à l'épuration qui s'impose.

Je hasardai :

— Es-tu bien sûr que ce soit l'écriture de Lysiane ?

— Je n'en sais rien, m'a-t-il avoué. Ce papier que tu lis est écrit par moi-même. Ce n'est que le double de celui que j'ai reçu. L'original était tapé à la machine. Seulement, M. Lambert, le chef des policiers, m'a demandé de le lui laisser, ce que j'ai fait, en me disant que je pouvais en prendre copie.

— Et tu n'as rien remarqué de particulier sur cette dénonciation ?

Il m'a regardé, un peu interloqué.

— Dis donc, je ne suis pas expert en la matière... C'était tapé correctement, sans aucune faute d'orthographe. Tout ce que je sais, c'est que M. Lambert a montré le papier à son collègue et lui a dit : « Regarde : *Camarade...* il y a trois *A !* » Je ne vois pas ce qu'il a voulu dire... Il y a toujours trois A à camarade. Mais tu sais, ces types-là ont un langage à eux.

J'avais compris.

J'ai serré la main à Godard.

— Tonin, mon vieux, tu as fait ce que ta conscience te conseillait de faire. Ce n'est pas moi qui réprouverai ta conduite. Loin de là.

Il a été satisfait de mon geste.

Ce qui l'a incité à me confier :

— Ce Martinière, c'est une ordure... Il y a trois ans, j'avais été le voir au théâtre de l'Etoile pour qu'il me fasse rentrer dans la troupe du spectacle qu'il répétait. Il m'a laissé tomber. Il n'a même pas voulu me recommander aux auteurs. Si on pouvait le guillotiner, cette vache-là, je serais rudement content...

Brave Godard !

# XXIII

Il était onze heures dix lorsque je demandai au garçon du bureau de la P.J. de m'introduire auprès de l'inspecteur Lambert.

J'avais dix minutes de retard sur l'heure du rendez-vous.

C'était bien la première fois que cela m'arrivait. Ce corniaud de Godard m'avait foutu dedans.

Le garçon de bureau me connaît bien.

Il m'a affranchi immédiatement.

— Lambert m'a signalé votre arrivée, mais il vient d'avoir une visite inattendue, très importante... Il m'a chargé de vous faire patienter.

Bon... J'attendrai...

Une visite importante ? Pour l'affaire, sans doute.

Au bout d'un instant, le garçon a entamé un brin de causette.

— Vous avez la radio chez vous ?

— Oui... mais je la fais très peu marcher.

— Alors... vous ne pouvez pas me dire si notre appel est bien diffusé toutes les heures ?

— Votre appel ? Quel appel ?

— Le chef ne vous a pas mis au courant ?

— Je ne l'ai pas revu depuis dimanche soir...

— C'est donc ça !

Il m'a expliqué aussitôt :

— Depuis ce matin, neuf heures, la radio a été priée, par le chef de la police judiciaire, de passer un communiqué invitant le jeune homme qui a livré une boîte de chocolats, dans l'après-midi de dimanche au théâtre Mogador, au nom de M. Jacques Dossegor, de bien vouloir se faire connaître... On lui promet la plus grande discrétion et une forte récompense.

— Ce n'est pas un livreur de chez la « Marquise de Sévigné » ?

— Pas du tout...

— La vendeuse de cette boîte de chocolats n'a pas été interrogée ?

Le garçon m'a regardé d'un air choqué.

— Croyez-vous que M. Lambert occupe son temps à jouer à la belote ?

Puis il s'est radouci.

— Lui et Chadal ont passé toute la journée d'hier à faire leur enquête... C'est dans la maison mère du boulevard des Capucines que cette boîte a été vendue. Le modèle a été présenté à la gérante. Les employées ont toutes été interrogées... Les livres de caisse ont été compulsés. La fameuse boîte a été délivrée par une jeune vendeuse qui n'a pu se souvenir de son client... Est-ce un homme ? Une femme ? Elle n'est pas très sûre de sa mémoire. Ce qu'on sait exactement, c'est que l'achat a été fait il y a dix jours, à onze heures du matin. Elle croit qu'elle a eu affaire à un homme, mais elle ne peut le certifier. Il y a trop de clients qui se succèdent. Ce qui pourrait corroborer ses dires c'est qu'il est reconnu que la clientèle féminine ne fréquente, généralement, la maison que l'après-midi. La matinée, c'est surtout la clientèle mâle. Lambert a montré à la vendeuse une photo de la petite Berthe Sarmigère, envoyeuse présumée de la boîte fatale. Elle n'a pas du tout reconnu cette jeune femme qu'elle assure n'avoir jamais vue. Voilà toutes les nouvelles, monsieur Barnais...

Il ajouta, comme s'il s'excusait d'avoir été trop bavard :

— Tout ça sera publié dans les éditions de ce soir. De même que l'appel de la radio va paraître, également, dans tous les journaux. Si le gamin qui a fait la livraison n'a rien à se reprocher, il se fera connaître. Par lui, on pourra remonter à l'envoyeur, c'est-à-dire à l'assassin. Je vous raconte tout ça parce que je sais bien que Lambert et Chadal vous tiennent au courant de l'enquête. Ils vous ont à la chouette tous les deux... Et puis, vous êtes le principal témoin de la troisième affaire. Vous êtes quelqu'un !

J'étais rudement joyeux de ces renseignements. Ils allaient me permettre de prendre un air avantageux devant mes deux poulets.

J'allais leur jouer la grande scène de « Monsieur-Je-Sais-Tout ».

J'ai encore attendu dix bonnes minutes. Je ne m'embêtais pas car le défilé des gens qui venaient demander après d'autres inspecteurs était rudement édifiant. Il y avait de tout dans ce monde... Des indics, qui n'avaient pas l'air rassurés et se demandaient s'ils n'étaient pas suivis ou reconnus, des témoins, quelques-uns avec des gueules fanfaronnes, d'autres avec des mines ravagées par l'inquiétude. Tout cela devait dépendre du rôle qu'ils avaient joué dans l'affaire pour laquelle ils étaient convoqués.

Tout à coup, Lambert m'est apparu.

Il suivait un monsieur, très élégant, décoré de la Légion d'honneur, qu'il reconduisait avec déférence.

Sur le moment, je ne l'ai pas reconnu... Ce n'est que lorsque Lambert m'eut présenté : M. Jo Barnais, notre principal témoin, que le monsieur distingué me lança un regard amusé et sympathique.

Un éclair m'a traversé le cerveau.

C'était le directeur de la Porte-Saint-Martin.

Qu'est-ce qu'il venait bien faire dans ce milieu ?

Il m'a interpellé aimablement.

— Cher artiste...

Il y a longtemps que les directeurs ne me parlent plus comme ça...

Depuis que je me suis fait oublier... ou plutôt que le public m'a oublié.

Je me suis incliné, très correct.

Il a continué :

— Vous devriez venir nous voir un de ces prochains jours... Nous préparons notre prochain spectacle... Celui qui doit débuter en septembre... Si vous êtes libre, nous pourrions peut-être envisager une affaire ensemble...

Il ajouta, comme s'il se parlait à lui-même :

— D'ici septembre, ces crimes seront encore dans toutes les mémoires... On parlera encore de vous... Au besoin, nous rappellerons votre rôle dans cette triste tragédie...

Encore un qui s'en foutait, de mon talent... C'était le nom à scandale qui l'intéressait.

Il m'a fait un petit signe mi-condescendant, mi-intéressé... puis il a descendu l'escalier.

J'ai acquiescé d'un mouvement de tête.

J'aurais voulu lui foutre un jet de salive dans les fesses.

Tous les mêmes... Des marchands d'eau chaude, comme on dit dans notre métier.

Lambert s'est incliné devant moi, parce que l'autre pouvait encore l'entendre, et m'a lancé :

— Cher monsieur Barnais, voulez-vous être assez aimable pour me suivre... Je vais recueillir votre déposition.

Et je suis entré dans le bureau 120.

Chadal avait les pieds sur la table.

Pour une fois, Lambert ne m'a pas fait languir.

Il est entré dans le vif du sujet.

— Tu dois te demander pourquoi ce grand directeur est venu me voir ? Je vais te le dire, peau de prune, il a la trouille.

— La trouille ?

— Oui... Il a reçu une lettre anonyme dans laquelle on l'informe que la grande vedette de son opérette, le ténor Henri Martinière, est l'auteur direct de l'assassinat de ses trois autres collègues et, pour que tu sois tout de suite au courant, je vais te donner la teneur du billet doux qu'il a reçu hier lundi.

Là-dessus, il a pris un papier qu'il avait laissé sur son bureau et il a lu à haute voix :

— *Monsieur le Directeur... Il m'en coûte de vous faire cette révélation, mais le tueur de nos trois autres camarades Manola, Francis et Dossegor... c'est notre camarade Henri Martinière. Excusez-moi de garder l'anonymat, mais je ne peux me faire connaître. Un de vos pensionnaires.*

Lambert m'a regardé d'un air malicieux et m'a demandé :

— Qu'en penses-tu ?

C'est alors que j'ai joué le rôle du monsieur bien renseigné.

J'ai été heureux de lui répondre avec autorité :

— Je suis persuadé que les trois A du mot *camarade* sont légèrement déréglés, comme ceux de la babille que t'a remise Godard et comme ceux du pneu que j'ai reçu hier soir.

Ce disant, je lui ai mis sous le nez la lettre que j'ai sortie de mon portefeuille.

Il en est resté suffoqué.

Chadal a abandonné sa pose nonchalante et m'a regardé, complètement soufflé.

J'étais rudement content d'avoir fait mon petit effet.

# XXIV

Les événements allaient se précipiter.

Heureusement pour Lambert. Il commençait à devenir mauvais.

Quelques journalistes prenaient plaisir à critiquer les policiers chargés de l'enquête.

Il était inadmissible, insinuaient-ils, que trois meurtres aussi retentissants aient eu lieu, presque simultanément, sans que le moindre indice ait pu être recueilli par ces messieurs.

J'avais finalement narré à mes amis ma rencontre avec Godard et leur avais remis le pneumatique anonyme qui m'avait été envoyé le lundi.

Après vérification, nous avons constaté que les trois missives avaient été expédiées du même bureau de poste, à la même heure et certainement par le même individu.

Pour faire la mise au point qui s'imposait, et afin que ce ne soit pas trop pénible pour nos cerveaux survoltés, nous avons décidé d'aller nous taper la cloche dans un petit caboulot de la rue de la Harpe.

On y était presque seuls. Lambert, sérieux et tourmenté, m'a affranchi cette fois de son turbin, durant ces dernières vingt-quatre heures, en toute sincérité.

Interrogatoire rapide et serré de la jeune Berthe Sarmigère. Elle était tombée des nues en apprenant que l'envoi des bonbons au cyanure avait été fait sous couvert de son nom.

Lambert ne croyait pas un seul instant à sa culpabilité.

Cependant, muni de sa photo, il avait été rendre visite aux gérants de la « Marquise de Sévigné ».

Devant l'incertitude et la confusion des vendeuses, il avait prié la radio de lancer un appel au jeune homme qui avait livré le colis.

Jusqu'à cette heure, cet appel n'avait pas été entendu. Cependant, il ne désespérait pas d'avoir un résultat sous peu.

Il nous fit part de ses observations. Le criminel était très au courant de la vie intime des trois ténors disparus et, probablement, un ennemi juré du quatrième : le fameux Martinière.

Cette rage de l'accuser en était la preuve.

Lambert haussait les épaules. Pour lui, Martinière n'était pas dans le coup.

Toutefois, il se demandait pourquoi avaient été alertés le secrétaire du syndicat, le directeur de l'établissement et moi, Jo le Baryton.

Craignant toujours un coup fourré, il nous donna ses instructions. Chadal devrait passer la soirée de ce mardi, et les trois ou quatre suivantes, sur le plateau de la Porte-Saint-Martin, en compagnie de deux collègues, qui joueraient, comme à Mogador, les rôles de machinistes supplémentaires. Ce seraient les mêmes, d'ailleurs.

Quant à moi, il me demanda d'assister à la représentation dans la salle et d'observer le jeu de

Martinière et le comportement de ses collègues à son égard.

Comment lui refuser ce nouveau service, au point où j'en étais ?

Et puis, l'affaire m'excitait.

Après le déjeuner, mes deux poulets m'informèrent qu'ils avaient rendez-vous au Châtelet avec Jean-Jacques Brinès, pour un nouvel interrogatoire, et quelques points de détail.

Je les ai accompagnés jusqu'à l'entrée des artistes.

Quand ils eurent pénétré dans le bureau administratif, je suis revenu sur mes pas pour prendre rendez-vous avec Bourgade et lui toucher deux mots de ma gentille Monique.

La concierge m'apprit alors que le pauvre bougre était alité depuis l'avant-veille.

Son angine de poitrine.

Elle a ajouté, en prenant un grand air de commisération :

— Je ne pense pas que le pauvre homme en ait pour longtemps. C'est sa cinquième crise. C'est la plus violente qu'il ait jamais eue.

Je lui ai demandé son adresse.

J'étais décidé, quoi qu'il arrive, à lui rendre une visite de politesse et, s'il n'était pas si bas qu'elle prétendait, à lui présenter ma petite camarade.

Dans notre métier, on exagère tellement !

Suffit d'avoir une forte grippe pour que les copains vous portent aussitôt dans la tombe. Qu'ils vous aperçoivent sur un champ de courses, ils vous font passer pour un flambeur incorrigible qui dépense tous ses appointements et qui vendrait sa culotte pour encourager la race chevaline.

Que vous ayez une bonne série de contrats, ils

vous représentent comme un multi-millionnaire ! Que vous ayez des difficultés financières, ils insinuent, avec un rictus de satisfaction, que vous crèverez à l'hostau, sans un rond et comme un chien.

Déformation professionnelle. Pas de juste milieu. Ou le pinacle ou le ruisseau.

Je ne me suis donc pas frappé outre mesure des prédictions de la pipelette et j'ai noté l'adresse de Bourgade : 210, rue de Richelieu.

Ensuite, j'ai tué le temps en écrivant à Monique pour l'informer que j'avais fait le nécessaire auprès de mon ami : « l'éminent directeur des chœurs » et que nous avions rendez-vous le samedi à dix-sept heures.

Le soir, je suis allé à la Porte-Saint-Martin. J'étais au premier rang... tout de suite derrière le chef d'orchestre.

J'étais bien placé pour observer les artistes.

Les musiciens m'ont regardé. Ainsi que les contrôleurs, les ouvreuses... Tout le monde savait que j'étais dans la salle.

N'étais-je pas devenu l'homme du jour ?

Coup de bambou ! J'ai encaissé les douze tableaux de l'opérette !

Je m'efforçais de sourire aux plaisanteries idiotes du comique et de prendre un air extasié en écoutant la première chanteuse et le fameux ténor.

Fallait bien... Ils avaient, tous, les yeux braqués sur moi.

Je leur ai donné l'impression d'être, non seulement un bon camarade, mais un dilettante qui prenait plaisir à leur jeu et à leur voix.

En réalité, je me faisais tartir.

Sur les côtés de la scène, derrière les portants,

j'apercevais la gueule à Chadal ou à un de ses copains.

Puis, dans l'avant-scène, du côté gauche, le grand directeur qui, parfois, me faisait un signe amical ou un sourire.

La soirée s'est passée sans incident.

J'ai bien observé le Martinière... Il avait le visage encore plus sombre qu'à l'ordinaire... Avec des tics brefs.

Plusieurs fois, il eut un petit sursaut, comme s'il avait peur ou froid dans le dos... Par deux fois, également, il est resté en carafe, ne se rappelant plus son texte.

J'ai pensé : « Il doit craindre pour sa vie. »

Il a tort. Ne dit-on pas « Jamais deux sans trois » ?

Alors, il est paré... La série est terminée.

Quand je suis sorti, j'ai encore subi une petite manifestation de curiosité autour de moi.

A part ça, rien à signaler.

Nous nous sommes tous retrouvés, après le spectacle, à la Croix de Malte.

Un café : face au théâtre.

Il y avait beaucoup de monde. Nous n'avons pas été remarqués.

Lambert est arrivé le premier.

Il venait de téléphoner à la direction de la Porte-Saint-Martin et avait appris que rien d'anormal n'avait marqué la représentation si ce n'est que M. Martinière semblait encore plus triste et plus neurasthénique qu'à l'accoutumée.

Selon son habitude, il avait refusé toutes visites.

Chadal a fait son rapport.

Il avait constaté qu'un bruit courait, à voix basse,

dans toute la troupe. Celui de la culpabilité du ténor dans les crimes précédents.

Rien d'étonnant... Un secret confié à Godard devait être, dans l'heure qui suivait, colporté de bouche à oreille et tout Cabotinville au courant de la confidence.

Confidence beaucoup plus facile à accréditer du moment qu'elle était calomnieuse ou vache.

Chadal avait compris, au comportement de Martinière et de ses collègues, que le ténor ressentait sourdement cette suspicion à son égard. Sa façon de regarder dans les yeux de chacun pour essayer de lire ce qui se passait dans le crâne de ses interlocuteurs en était la meilleure preuve.

A l'entracte, il s'était enfermé dans sa loge. Seul avec son médecin traitant, qui le quittait rarement, et son habilleuse.

Celle-ci avait raconté, au début du deuxième acte, que M. Martinière avait longuement pleuré ; qu'il se prétendait la victime d'un complot ; qu'on en voulait à son honneur ; qu'il n'ignorait pas le nombre de ses ennemis dans l'ombre. Des jaloux de son succès. Qu'il finirait par se supprimer parce qu'il n'en pouvait plus de vivre dans cette atmosphère de haine.

Et un tas d'autres propos aussi pessimistes...

Chadal ajouta qu'il avait eu, ensuite, et pendant que le ténor était en scène, une longue conversation avec le médecin de Martinière.

Ce dernier était soucieux pour son client.

Il lui fallait du calme, assurait-il, et il n'avait que des coups durs assenés par de mauvais plaisants.

Là-dessus, Chadal avait demandé des précisions. Le toubib lui avait alors raconté que Martinière avait reçu, la veille, un envoi anonyme. Un petit cercueil en bois, sous forme de colis postal, avec un mot laconique : *A toi, maintenant.*

Tous ces faits, en plus de la sourde hostilité qu'il sentait dans le comportement de ses camarades de scène, augmentaient sa vésanie.

Vésanie ? Chadal avait noté ce mot, sans le comprendre.

Avec quelques autres, tels que « c'est un névropathe »... et « je crains qu'il ne fasse de la neurofibromatose »...

Heureusement que j'ai quelques notions médicales. J'ai pu leur expliquer, tant bien que mal, que la vésanie était un état de psychose et que la neurofibromatose se manifestait par des troubles mentaux incessants, ce qui expliquait les attitudes et les actes de Martinière.

Le docteur s'était montré assez inquiet. Il aurait désiré que son client se mette au vert pendant six mois au minimum.

— Dans des crises semblables, avait-il ajouté, il a voulu mettre fin à ses jours il y a trois ans.

Lambert a pris note de tous ces détails puis nous a dit, avec un petit air triomphal, qu'il avait reçu un coup de téléphone à huit heures, le soir même, d'un jeune homme habitant Asnières et qui avait entendu l'appel de la radio.

C'était le porteur de la boîte de chocolats de Mogador.

Il viendrait, dès le lendemain, au Quai des Orfèvres, donner des explications sur son rôle dans cette affaire.

Pour une fois, mon Lambert était devenu sérieux.

Il ne m'appelait plus baryton de mes déux, il ne me flanquait plus de bourrades.

Il devait soupçonner quelqu'un.

Sur son entrevue avec Jean-Jacques Brinès, motus. Il l'avait bouclée. Chadal aussi.

Je n'ai pas voulu insister. Pourtant je suis curieux. Mais mon désir d'apprendre du nouveau sur l'affaire était tempéré par les pensées qui me transportaient constamment vers la petite Monique.

Lambert a, encore, donné l'ordre à Chadal de continuer sa surveillance pendant les quatre représentations suivantes à la Porte-Saint-Martin.

Et, à moi, il a demandé, bien gentiment, d'assister aux obsèques de Dossegor, fixées à jeudi matin.

N'étais-je pas celui qui, le dernier, l'avait vu encore vivant ? Qui avait recueilli son dernier soupir ? Je lui devais bien cela.

Au point où j'en étais, je n'ai pas voulu lui refuser.

Surtout que je pensais : « Cette fois, les honneurs des photographes et les communiqués seront pour mézigue. »

Cela m'amusait de penser à la gueule qu'allaient faire les grandes vedettes de se voir dédaigner pour Jo Barnais, qui n'était plus dans le circuit depuis cinq ou six piges.

Après avoir dégusté plusieurs pots, on s'est quittés. Auparavant Lambert nous a, brusquement, affranchi d'une désision qu'il venait de prendre.

— Demain, qu'il a dit, j'envoie un pneu à ce Martinière. Je vais lui demander de venir me voir à la boîte. Faut que je prenne sa tension à ce con-là. On parle un peu trop de lui en ce moment. S'il n'a rien à se reprocher, il sera content de venir s'expliquer.

Là-dessus on est parti chacun de son côté.

J'avais le crâne gros comme ça, avec toutes ces salades.

Je pensais à ce que Chadal nous avait raconté sur la soirée.

Et, je ne sais pas pourquoi, il m'est brusquement revenu en mémoire une conversation que j'avais eue avec Godard, il y avait deux ou trois ans de ça.

C'était un jour où il avait un petit coup dans le nez. Il était bavard, confiant. Il avait besoin de s'épancher.

Ce jour-là, il m'avait dit, en rigolant, qu'il s'était payé une pinte de bon sang, pendant l'occupation, en expédiant des petits cercueils en bois à quelques grosses vedettes du music-hall.

Histoire de leur foutre les foies.

Il jubilait, le salaud.

J'ai longtemps pensé à ça avant de m'endormir.

# XXV

Je commençais à en avoir marre de cette comédie.

J'ai passé la journée du mercredi à mettre de l'ordre dans mon courrier.

Qu'est-ce que je recevais comme propositions ! Je n'avais qu'à choisir.

Je n'ai pas manqué de me faire désirer.

J'ai répondu à ces directeurs en folie que j'allais étudier leurs offres. Qu'étant donné nos excellentes relations, je ne manquerais pas de leur donner un tour de faveur.

De quoi les tenir en haleine.

J'ai cru que je n'en finirais jamais de classer tout mon courrier.

C'est vrai, j'ai l'habitude saugrenue de garder toutes les babilles que je reçois. Je ne fais qu'un tri par mois. Et encore.

Mais, quand je m'y mets, je fonce dans le brouillard, je déchire, je déchire...

J'étais dans ma période de classement. J'ai fouillé dans le paquet qui se trouvait sur mon bureau et j'ai commencé à relire toutes ces lettres avant de leur faire prendre le chemin de la corbeille à papier.

Il y avait de tout là-dedans. Des prospectus, des rappels de fournisseurs délaissés, des mots de copains qui me demandaient mon appui pour des établissements où ils me croyaient bien introduit, quelques billets doux de vieilles poules énamourées.

Et puis une lettre, parmi tant d'autres, accompagnant un envoi de fauteuil pour une première, et que j'ai relue machinalement.

*Mon cher camarade. Ci-inclus un fauteuil pour demain soir. Il n'est pas très bien placé, mais c'est tout ce que j'ai pu obtenir. Tout est pris. J'ai fait pour le mieux. Viens quand même. Tu passeras, sûrement, une soirée inoubliable, etc. etc.*

J'ai déchiré ce mot tapé à la machine.

Et puis, soudain, avant de continuer ma razzia dans la correspondance, j'ai eu comme un éblouissement.

Je me suis passé plusieurs fois la main sur les yeux. J'ai senti une angoisse s'emparer de moi. Un pinçon au cœur.

J'ai récupéré les morceaux de cette lettre dans la corbeille.

Avec un pinceau et un pot de colle je l'ai vite reconstituée. Je l'ai relue. Dix fois, vingt fois.

J'en avais perdu la respiration.

Calmement, ensuite, je l'ai pliée soigneusement et je l'ai glissée dans mon portefeuille.

Puis je suis allé déjeuner. Je devais avoir l'air vachement préoccupé car tout le monde m'a mis en boîte. Les clients qui me connaissaient me disaient, en rigolant : « On pourrait se demander, en voyant ta tête, si tu es le témoin, l'assassin ou le détective. »

L'après-midi, je suis allé au cinéma... Voir un film

qui fait penser. Ça m'a permis de piquer un petit roupillon... J'en avais besoin.

Après la représentation, je suis allé faire un tour du côté de la place Vendôme.

Histoire de voir si le hasard ne mettrait pas la Monique sur mon chemin.

Nib... Ou elle était sortie, ou elle avait du retard. Je n'ai pas voulu attendre trop longtemps. J'ai pris la route du retour.

J'ai acheté un journal du soir.

Toute la première page était encore pour les ténors défunts. Et, surtout, l'audition du jeune moujingue, livreur de la boîte, occupait trois colonnes. Avec sa photo de face et de profil. Je l'ai reconnu tout de suite.

Je commençais à me sentir jalmince. J'aurais voulu qu'il n'y en ait que pour moi dans cette affaire-là. Bah ! Le gosse était pas du métier... Pas de risque qu'il ne me gratte une place.

Il s'appelait André Colbois, habitait Asnières.

Il avait expliqué aux inspecteurs qu'il était dans la salle des Pas-Perdus, gare Saint-Lazare, attendant une petite copine de Bois-Colombes avec laquelle il devait aller au cinéma, lorsqu'il fut accosté par un monsieur dans les cinquante à soixante piges, ayant les traits altérés, paraissant angoissé, qui lui avait demandé s'il voulait gagner cinq cents balles.

Il avait répondu : « Oui, bien sûr. » D'autant plus qu'il était toujours fauché et que la môme, qu'il devait embarquer pour l'après-midi, n'était pas venue au rancart fixé.

Ce qui ne lui avait pas semblé extraordinaire étant donné qu'elle était en possession de parents emmerdants et soupçonneux, qui avaient toujours peur que la gosse ne tombe sur un saligaud qui la foute enceinte et la laisse tomber.

Il avait donc accepté de faire la commission du vieux. Il s'agissait d'aller livrer une boîte de bonbons à M. Jacques Dossegor dont c'était l'anniversaire, avait prétendu le bonhomme.

Il avait pris un air naïf pour ajouter que cet envoi était fait par sa petite nièce, M^lle^ Berthe, et que celle-ci avait oublié de joindre sa carte.

C'est alors qu'il avait prié le jeune André Colbois de bien vouloir écrire ce prénom sur un coin du colis.

Ce dernier avait rendu ce service en toute tranquillité.

C'est tout ce que pouvait affirmer le témoin.

On lui avait présenté des photos. Celles d'Antoine Manola, de Martinière, des parents de Rudolph Francis, de Pedro Gominez, de Margellin, de Manuel Canelli.

Aucun de ces personnages ne correspondait au signalement de son mystérieux racoleur de la gare Saint-Lazare.

On n'était guère plus avancé qu'avant.

Si ce n'est qu'on avait tout lieu de croire que l'auteur du triple crime n'était pas un gamin, mais un monsieur de cinquante à soixante piges.

Et, en fermant les yeux, je l'ai vu, moi, le bonhomme.

Je suis allé becqueter dans mon petit restau de la rue Brey. J'ai fait un drôle de ramdam en apparaissant... Le président de la République n'aurait pas eu plus de succès.

Le taulier et la môme Clarisse, sans compter les six ou huit habitués du casse-graine journalier, m'ont accaparé aussitôt. De ma putain de carrière, je n'avais jamais motivé pareil engouement.

J'ai dû recommencer pour la... Nième fois, le récit de mon entrevue avec le ténor Dossegor... Sa fin... Son transport à Lariboisière. Et j'en passe.

Le patron n'a pas voulu que je paie ma note...

C'était bien le premier jour qu'il me faisait une fleur.

Quant à Clarisse, elle m'attaquait au genre passionné, chaque fois qu'elle m'apportait un plat.

Ce que c'est que la célébrité !

A dix plombes, je suis allé me pagnoter... Seulâbre...

J'étais à peine rentré chez moi que mon téléphone a frétillé. C'était Lambert.

— Alors, qu'il m'a dit, tu vadrouilles, vieux saligaud... Voilà cinq fois que je t'appelle et cinq fois que je tombe sur un bec...

— Dis donc, que je lui ai répondu, est-ce que tu me prends pour un perdreau volontaire et bénévole ? Je commence à en avoir marre de toutes vos salades et de vos commissions.

Il a ironisé.

— Oh ! oh ! M. Jo Barnais a la folie des grandeurs... Il a vu son nom sur les journaux et se croit reparti pour une nouvelle carrière...

Puis il s'est mis à rigoler.

— Pauvre cloche, tu me fais pitié. En attendant, baryton... tontaine et tonton, fais pas le con et rapplique rapidos à la Croix de Malte. J'ai à te parler. Sérieux et urgent...

Je n'ai pas eu le temps de dire oui ou non. Il avait raccroché.

Cinq minutes plus tard, j'étais dans la rue. J'ai

hélé un taxi et je me suis trouvé au café convenu devant un Lambert furibard.

Il ne m'a pas laissé le temps de l'ouvrir.

— Martinière n'est pas venu à mon rendez-vous, m'a-t-il dit. Il a dû se torcher avec ma convocation. Ces vedettes se croient tout permis. Je me suis dérangé pour le piger ce soir au théâtre. Va te faire foutre. Il a laissé tomber la représentation sans prévenir. C'est sa doublure qui le remplace. Ça fait jaser les spectateurs qui ont encore, présente à la mémoire, la fin tragique de ses camarades. Le directeur a téléphoné chez lui. Ça ne répond pas. J'ai envoyé un collègue à son domicile. Je l'attends ici. Quant à toi, tu vas me rendre un nouveau service. Tu vas aller prendre la température auprès des artistes de la troupe. Tu veux bien ?

— La peau ! que je lui ai répondu. On m'a assez vu dans cette histoire. En fait de température, je vais prendre la mienne parce que vous commencez à me foutre de la fièvre, avec vos combines à la noix.

Il a été soufflé de ma réponse.

Il n'a pas eu le temps de me bonnir un vanne quelconque. Son sous-fifre venait s'installer à la table. C'était un de ceux que j'avais vus au Mogador.

— Alors ? qu'il a demandé le Lambert.

— J'ai interrogé la pipelette, a commencé à raconter le poulotin numéro 2. Le célèbre ténor a donné congé à sa femme de chambre depuis ce matin. Cette dernière, qui a une parente malade du côté de Chartres, avait demandé une permission de quarante-huit heures depuis l'autre semaine. Ce matin, brusquement, le ténorino lui a dit qu'elle pouvait s'absenter pendant trois jours. Elle a profité de cette saute de bonne humeur, parce qu'il paraît que le grand est très versatile, et elle a mis les bouts à toute vitesse. Il serait donc resté seul... à moins qu'il ne soit sorti sans avoir été repéré par la concierge. D'autre part, sa voiture est toujours dans les sous-sols de l'immeuble, sous-sols qui servent de garage pour les locataires. J'ai été faire un tour dans les profondeurs. Il est possesseur d'une Versailles. Je l'ai fouillée de fond en comble. Rien trouvé d'extraordinaire. Il a dû sortir en taxi... Destination inconnue.

Lambert était furieux.

— Bon... Demain, je vais essayer de l'agripper pendant les funérailles de son collègue. Il ne peut pas louper ça. Ça le ferait soupçonner... Et s'il n'a rien à se reprocher, il sera là.

— Eh bien ! à demain, que j'ai dit laconique. Rendez-vous derrière la boîte à dominos. Je vais au pageot... Je l'ai bien mérité.

# XXVI

Les obsèques de Jacques Dossegor ne furent que la répétition des enterrements précédents.

Même foule... Même brochette d'artistes en renom. Sauf Martinière.

Ce qui a fait jaser...

Car le bruit s'amplifiait qu'il était pour quelque chose dans la mort de ses concurrents.

Le Godard jubilait. Il buvait du lolo. Ce n'est pas qu'il pouvait prétendre à prendre la place de l'un d'entre eux, mais la mort d'une vedette, quelle qu'elle soit, lui faisait toujours plaisir.

Quant à moi, j'ai été mitraillé par les photographes.

Ce qui m'a obligé à prendre une figure de circonstance. Attristé, contrit, désolé... Atteint au plus profond de moi-même.

Dans le fond, je m'en foutais royalement, de ces meurtres en série... Ça ne m'avançait pas plus... si ce n'est, cependant, que mon nom réapparaissait à la première place.

J'ai aperçu Lambert et Chadal dans la foule. Ils se fendaient la pipe en voyant mon visage consterné. Ils savaient, eux, le chiqué que j'étais obligé de faire.

Après la cérémonie, Lambert m'a accosté vivement.

— On va à trois heures chez Martinière. T'es des nôtres ?

J'ai eu envie de les laisser choir.

Mon démon m'a repiqué.

— D'ac, que j'ai fait.

— On passe te prendre au Monte-Carlo à trois heures pile.

Ils se sont évanouis dans la foule.

A trois heures, j'étais au café.

Eux également.

Accompagnés d'un mec, genre ouvrier, porteur d'une grande boîte à outils.

Lambert me l'a présenté.

— Pellenc, le serrurier de la boîte.

Il a tout de suite enchaîné :

— Si le Martinière ne répond pas, s'il n'est pas là, on va faire une petite descente dans ses papiers et une gentille visite dans son bureau. Faut en avoir le cœur net. Je me donne encore trois jours pour trouver le criminel... Pas un de plus.

— Tu crois au père Noël ? que je lui ai lancé en rigolant.

— Pas plus que toi qui t'imagines que tu vas redevenir célèbre, pauvre cloche fêlée.

Sur cet échange de mots tendres, on a pris la route du boulevard Suchet. J'étais content de ne pas lui avoir livré le fond de ma pensée. Mes doutes. Mon secret.

Le Martinière habitait au septième... Avec un balcon donnant sur le champ de courses d'Auteuil.

La maison était cossue. La concierge, très aimable, a voulu nous accompagner.

— Pas la peine, a lancé Chadal d'un ton impératif.

Elle est rentrée dans sa loge un peu vexée.

La lourde du ténor était juste en face de l'ascenseur.

Lambert a sonné, une fois, deux fois, trois fois... Pas de réponse.

Il a fait signe à Pellenc qu'il pouvait y aller.

Ce dernier a ouvert sa boîte, a pris un trousseau. Il avait l'habitude, le gnard. Il ne s'est pas trompé. La première clé qu'il a choisie était la bonne.

La porte s'est ouverte sans effort, sans brisures.

On a pénétré dans le vestibule. Rien.

Dans le salon. Rien.

Dans sa chambre...

Il était là, sur son lit... Un revolver à son côté. Nageant dans une mare de sang.

Il s'était tiré une balle dans la bouche.

Sur son oreiller, il avait épinglé un mot écrit de sa main :

*Ils sont trop nombreux... Trop méchants... Je n'en peux plus... J'aime mieux mourir... Adieu à tous.*

C'était le quatrième et dernier des grands ténors qui disparaissait.

Son docteur attitré est arrivé un quart d'heure après... Chadal lui avait téléphoné.

— C'est ce que je craignais, a-t-il expliqué. Il était hanté par des idées de suicide. Il lui aurait fallu du calme, la campagne, des amis reposants et dévoués... Il n'a trouvé que des ennemis, des envieux, les embûches d'une profession difficile... Il a eu une crise plus violente et s'est suicidé... Pauvre type !

Ça a été son oraison funèbre !

# XXVII

C'est à quatre heures, le samedi, que l'institut de beauté lâchait ma petite Monique.

A moins le quart, je faisais le poireau devant sa boîte.

Elle est sortie, juste à l'heure.

Avant de l'embarquer, comme convenu, pour voir Bourgade, je lui ai offert un petit dry : rue de la Paix.

Comme tout le monde, elle ne faisait que parler de l'affaire des ténors.

Après la mort de Martinière, on peut dire que c'est une vraie panique qui s'était emparée du monde artistique.

La presse, unanime, commençait à s'inquiéter sérieusement. On parlait d'un lâche tueur caché dans l'obscurité.

Le suicide du dernier ténor était également au crédit de ce misérable qui, connaissant l'état déficient de la vedette de la Porte-Saint-Martin, avait usé de ce procédé diabolique pour le pousser à cette affreuse extrémité. Dans le public, il n'y avait pas d'autre sujet de conversation.

Par-ci, par-là, un imbécile lançait bien l'idée que ces meurtres en série n'avaient pas d'autre but que de détourner l'attention des Français de problèmes internationaux extrêmement graves... On ne l'écoutait pas.

Qu'est-ce que le gouvernement aurait eu comme boulot s'il avait dû payer des tueurs pour zigouiller les quatre grands ténors de Paris ?

Mais, on ne peut jamais empêcher le public de déconner.

Nous avons pris un bahut, avec Monique, et on s'est fait conduire rue de Richelieu.

Dans le taxi, j'ai compris que mes actions auprès de la gosse étaient en plus-value.

Je lui tenais la main et elle la laissait complaisamment dans la mienne.

Je m'enhardis à lui prendre la taille.

Elle ne se dégagea pas de mon « bras-pieuvre ».

Avant d'arriver devant la maison de Bourgade, je me risquai au baiser.

Elle se défendit mollement, si bien que je pus, enfin, connaître la saveur de ses lèvres.

J'étais complètement tapé... Amoureux cent pour cent, quoi !

C'était la première fois que je venais chez ce vieux cabot. J'étais bien décidé à lui faire du charme et même à lui proposer un petit bakchiche s'il pouvait faire engager la môme tout de suite. Et puis je voulais le scruter, lire dans ses yeux.

J'ai demandé le chemin à sa concierge.

Celle-ci m'a indiqué : cinquième à gauche. Elle a ajouté avec une gueule de circonstance :

— Vous êtes de sa famille ?

— Non que j'ai répondu... Simplement son meilleur ami.

Qu'est-ce que je risquais ?

Elle a hoché la tête et m'a soufflé :

— Ne sonnez pas... Frappez doucement. La garde-malade vous ouvrira. Le docteur est là depuis une demi-heure... Je ne le vois pas redescendre... C'est signe que c'est la fin.

Merde... Voilà autre chose.

Je me suis chanté pour moi tout seul :

« *J'y vas-t-y, j'y vas-t-y pas ?* »

Et puis, j'ai pris Monique par la main et on a grimpé les cinq étages.

Après tout, la gosse verrait, de cette façon, que je n'avais pas chiqué et que je m'étais occupé d'elle. Et moi je me débarrasserais de cette sale idée qui me hantait.

J'ai frappé doucement. Une vieille femme est venue ouvrir. Elle nous a posé la même question :

— Vous êtes de la famille ?

— Non... son meilleur ami, que j'ai recommencé.

— Asseyez-vous un instant et attendez... Le docteur va sortir. Je vous ferai rentrer aussitôt... Vous pourrez prendre l'avis de ce dernier...

Elle ajouta, en reniflant :

— Il ne passera pas la nuit.

Re-merde... Comme première sortie avec Monique, c'était gratiné.

On s'est assis.

C'est alors que j'ai examiné la pièce dans laquelle nous étions. Il y avait un désordre inimaginable... On trouvait de tout. Des genres d'alambic, des flacons sombres sur des planchettes, des boîtes cachetées avec des étiquettes : *dangereux*, des éprouvettes, une cornue...

Tout au fond d'un couloir qui donnait dans cette

pièce, et collée contre le mur, une cible, genre carton qu'on trouve dans les tirs forains.

Qu'est-ce qu'il pouvait bien faire, pendant ses jours de relâche, ce sacré Bourgade ?

Je me suis levé pour voir de plus près. Sur une table, qui devait lui servir de bureau, et qui était recouverte de poussière, il y avait une pile de livres.

Celui du dessus traitait des nitriles.

« Je ne savais pas qu'il s'occupait de chimie », que j'ai pensé.

C'est à cet instant que mes yeux se sont portés sur une petite scie à bois et quelques morceaux de contreplaqué posés sur un fauteuil.

A côté : un marteau d'ébéniste, des pointes fines.

La façon dont ces bouts de bois étaient coupés !

De quoi faire un cercueil miniature.

Mes jambes ont flanché sous moi... Monique, qui m'observait, est arrivée à point pour m'empêcher de tomber.

— Qu'avez-vous ? me disait-elle, angoissée.

Je n'ai pas pu lui répondre immédiatement.

J'étais secoué par tout ce que je comprenais subitement. Mais où planquait-il sa machine à écrire ?

Le docteur est sorti de la chambre.

Il m'a lancé un regard oblique.

— Votre ami est sur sa fin... Vous pouvez entrer lui dire un mot... Je ne pense pas qu'il vous reconnaisse.

Je ne sais plus ce que j'ai répondu. J'étais groggy. Les pensées tumultueuses qui m'envahissaient devaient me donner un air bizarre.

Le docteur a mis ça sur le compte de l'affection.

— Il est toujours bien triste de perdre un ami dévoué, qu'il m'a dit.

Autant que je m'en souvienne, Monique m'a filé le train.

Nous avons pénétré dans la pièce.

Il était là, sur son lit, très pâle, respirant à peine. Il devait souffrir encore, malgré les piqûres de morphine que le toubib lui avait faites. Il tenait sa main crispée sur sa poitrine comme s'il avait voulu arracher ce qu'il y avait dedans.

A notre entrée, il n'a pas bougé.

La garde-malade et le toubib m'ont regardé avec compassion.

Leur façon de remuer la tête me faisait comprendre que c'était vraiment le point final.

Tout de même, il a ouvert les yeux un instant. Il s'est tourné de mon côté. Il a semblé réfléchir longuement, longuement.

Ce silence, ces yeux qui me fixaient...

Monique, derrière moi, qui tremblait...

Tout ça me flanquait légèrement la frousse.

Et puis, il m'a reconnu.

Il a eu un sourire bizarre. Bizarre et démoniaque. Sur sa face toute grise et tourmentée, ça lui a posé subitement un masque bestial.

Quant à moi, je cherchais, je cherchais.

Subitement je l'ai vue. Elle était tout bonnement posée par terre, sur son couvercle. C'était une portative d'un vieux modèle.

A la grande surprise du toubib, je me suis penché et l'ai examinée vivement. Tous mes doutes, tous mes soupçons se confirmaient d'un seul coup. La lettre « A », à gauche sur la première rangée du clavier, était tordue légèrement.

Comme sur les billets anonymes.

Comme sur le mot qu'il m'avait envoyé en même temps que le fauteuil de « générale ».

Je suis revenu près de son lit.

Les autres me regardaient sans rien dire. Sans comprendre. Lui m'avait suivi du regard.

Il avait l'air de se demander ce que j'avais trouvé.

J'ai sorti la lettre de mon portefeuille et j'ai dit à Monique :

— C'est là-dessus qu'il tapait ses envois. Avec des « camarades » aux « A » déréglés.

Il a eu un sourire sardonique.

Il a essayé de parler.

— J'avais pas pensé... à... ça.

Il a encore ajouté :

— M'en fous... maintenant.

Il a tourné la tête à droite, puis à gauche, en laissant échapper une sorte de rugissement.

Puis il a encore entrouvert les lèvres.

On s'est approchés, pour entendre ce qu'il avait à dire. Ce fut un murmure, mais c'était quand même distinct.

— Jo le Baryton, qu'il a dit... j'ai raté ma vie... mais j'ai pas loupé ma sortie... A mon tour... d'être... célèbre...

D'une main qui tremblait, il a essayé de saisir quelque chose sous son oreiller.

— Pour toi... qu'il m'a encore dit.

Je l'ai aidé à prendre l'objet... C'était une grosse enveloppe.

Il a souri encore un coup... un rictus plutôt, puis il a commencé à râler.

Une minute après, c'était fini.

La garde-malade a essuyé une larme. Le docteur m'a dit :

— Et voilà...

Comme font les acrobates lorsqu'ils ont réussi un saut périlleux... Lui, Bourgade, venait d'en faire un... le dernier.

J'ai ouvert l'enveloppe... Je suis tombé sur un tas de feuillets. Le premier portait ce titre : *Mort aux ténors.*

J'ai compris... C'était sa confession.

Monique était désemparée ; moi aussi, je ne savais plus quoi dire, quoi faire...

Un brouhaha s'est produit à la porte d'entrée.

La garde-malade, outrée d'un pareil bruit, en semblable circonstance, s'est précipitée... Elle n'a pas eu le temps de souffler un mot.

Lambert et Chadal étaient sur ses talons...

— Où est-il cette ordure ? a gueulé Lambert.

Puis il m'a aperçu... Il a vu le corps de Bourgade... Il a regardé Chadal et n'a pas trouvé autre chose à dire que :

— Ça, alors !

Le docteur semblait choqué de cette façon de parler auprès d'un cadavre.

Lambert l'a affranchi d'un seul coup.

— Ce fumier-là est l'auteur des assassinats en série des grands ténors parisiens... Il a bien fait de claquer... Un peu plus tôt, un peu plus tard, il y serait venu... Et pas de la même façon, si on l'avait eu vivant.

Là-dessus, c'est moi qui ai présenté Monique à mes deux poulets et qui leur ai expliqué le pourquoi de ma présence.

Alors Lambert, à son tour, nous a donné la

primeur de ses recherches et la conclusion de son enquête.

— Depuis le premier jour, je soupçonnais quelqu'un de ta profession... En outre, je le situais au Châtelet... Mais c'était vague. Pourtant, j'avais repéré l'endroit où le tueur s'était planqué pour envoyer un pruneau à Manola... Au balcon, tout à fait derrière. Il avait dans son axe visuel, et la scène, et Evelyne Verjois, qui discutait avec son gangster à la mie de pain. C'est parce qu'il avait assisté à cette altercation qu'il nous avait fixé rendez-vous, à tous. à la Gaîté... Son imprudence fut de venir, là encore, pour assister à l'exécution de Francis... Ce jour-là, il a trop parlé... Ne t'a-t-il pas dit, à toi, Jo le Baryton, qu'il avait surpris une conversation entre le directeur du Châtelet et l'administrateur qui étaient décidés à payer le dédit de Francis pour qu'il lâche la Gaîté et accepte de reprendre le rôle de Manola ? Donc, il écoutait aux portes... Quand Jean-Jacques Brinès nous a confié qu'il venait voir Dossegor dans sa loge pour le pressentir en vue d'une future opérette, il nous affirma n'avoir parlé de son idée et de sa démarche à qui que ce soit, sauf, ajouta-t-il, au directeur du Châtelet, et ce, dans le bureau administratif... Donc, la certitude que c'était de là qu'était venue l'idée, à celui qui avait surpris cette conversation, de nous alerter au Mogador, pour continuer à nous laisser nager... J'ai demandé à la direction du Châtelet de me donner les photos de tous ses artistes, de tout son personnel... Muni d'un album complet, j'ai convoqué, au début de l'après-midi, le jeune André Colbois et la vendeuse de la « Marquise de Sévigné »... Je leur ai fait voir ma collection de portraits... Le gamin a été formel... Il n'a eu aucune hésitation. Il m'a désigné la photo de Bourgade... « C'est celui-là », qu'il m'a dit... Quant à la vendeuse, elle a été moins affirmative, mais toutefois, a cru reconnaître le même individu comme son client d'un matin... A la régie du Châtelet, j'ai demandé, ensuite, si Bourgade n'avait pas laissé quelque note tapée à la machine... On s'est souvenu d'une lettre qu'il avait envoyée, le samedi précédent, pour s'excuser de son absence et pour informer la direction de son état... Cette lettre a été retrouvée... Plus de doutes possibles... Tous les « A » étaient désaxés... Avez-vous compris maintenant ? Dois-je ajouter que le soir de la générale au Châtelet, il était dans la salle, sous prétexte de voir manœuvrer les ensembles ?

Tous écoutaient, absolument sidérés. N'empêche que j'avais trouvé le premier.

C'est encore moi qui ai rompu le silence :

— Mais pourquoi a-t-il fait cela ?

— Tu vas le savoir si tu lis sa confession... Mais, déjà, je peux te dire ce que tu y trouveras : les rancœurs d'un pauvre raté qui n'a jamais pu obtenir le rôle pour lequel il se croyait destiné... C'est un ténor, ne l'oublie pas... Il n'a jamais voulu admettre qu'il n'avait ni le talent ni la voix de ceux qu'il a supprimés... Pendant des années, il a mijoté sa vengeance. Quand il a su qu'il était condamné, il a mis son plan à exécution. Bien placé pour connaître la vie intime de ses collègues, il a manœuvré d'une façon machiavélique pour détourner les soupçons sur un proche de chacune de ses victimes. Tireur d'élite au régiment, il a supprimé Manola d'une balle de revolver parce qu'il n'ignorait pas la liaison de ce dernier avec Pedro Gominez, numéro de tir et de précision... Lorsqu'il sut que ce dernier avait un alibi, il a essayé de nous orienter du côté d'Evelyne. Il l'a convoquée en même temps que nous, pour voir sauter Francis... Avec ce dernier, il a joué de l'explosif. Pourquoi ? Parce que son beau-père utilisait la dynamite dans sa profession... Avec Dossegor, il a usé du poison, n'ignorant pas que sa dernière maîtresse était préparatrice en pharmacie et, enfin, avec Martinière, il a utilisé la calomnie et la terreur, sachant parfaitement que ce dernier était un hypocondre et un malade... Voilà ce que c'était que ton Bourgade...

J'étais muet... Suffoqué... Atterré... C'est tout ce que je pressentais confusément depuis quatre jours.

— D'ailleurs, a-t-il ajouté, si tu en doutes, lis le premier feuillet de sa confession...

Tous les autres écoutaient ces révélations, en retenant leur respiration...

J'ai saisi la page du dessus et j'ai lu à haute voix :

— *Moi, Henri Bourgade, si j'ai raté ma vie, je ne raterai pas ma sortie...*

C'était exactement ses dernières paroles.

J'ai continué :

— *Dorénavant, et pour longtemps, mon nom sera plus célèbre que ceux des quatre ténors que je vais supprimer. J'espère ne pas rater mon coup... Depuis des années, j'y pense et mon bras ne faiblira pas... J'ai trop subi d'humiliations de la part des directeurs et des managers... Car, moi aussi, avec la voix que j'avais, je pouvais prétendre à la première vedette au lieu de passer mes journées à faire répéter des choristes.*

— Pas la peine d'aller plus loin, m'a dit Chadal, si

tu n'as pas compris, c'est que tu es bouché à l'émeri...

J'ai pris Monique par le bras et lui ai crié :

— Venez... Ne restons pas là... Je n'en peux plus...

Déjà la garde-malade nous avait précédés. Déjà elle avait alerté la pipelette, qui l'avait dit à un commerçant, qui le répétait à une cliente, qui le confiait à un passant... et toute la rue, tout le quartier, tout Paris, savait que c'était Henri Bourgade l'assassin des ténors... Qu'il venait d'être démasqué et découvert par Jo le Baryton et les inspecteurs Lambert et Chadal...

C'était encore un coup de projecteur sur ma personne... c'était l'assurance de nombreuses propositions d'engagements...

Son cahier de mémoires était là... dans ma poche...

Quel grand quotidien les publierait ?

J'ai eu un sourire...

... Tout dépendrait du prix qu'on m'en offrirait...

Qu'est-ce que je pouvais demander de mieux à la vie ?

# XXVIII

Aujourd'hui, lundi, il fait un soleil resplendissant...

Monique a bien voulu accepter de venir faire la dînette chez moi.

Depuis ce matin, très tôt, je passe mon temps à déclouer les photos qui tapissent mon mur.

Tous ces nichons à l'air, ces cuisses provocantes sont bien cachés dans le fond d'un tiroir...

Demain, peut-être, les brûlerai-je.

J'ai commandé un bon petit gueuleton à un traiteur du quartier.

On sera plus tranquilles qu'au restaurant.

Monique l'a parfaitement compris... C'est spontanément qu'elle a répondu oui à ma proposition.

J'ai mis des fleurs dans mes vases...

Dans ma baignoire, deux bonnes bouteilles de champ' rafraîchissent... Je l'attends.

Que se passera-t-il ? Je n'en sais rien...

Pourtant... Il m'a semblé lire dans ses yeux que...

Enfin, quoi, j'ai bon espoir.

## DU MÊME AUTEUR

*Aux Éditions Gallimard*

*Dans la collection Série Noire*

TORNADE CHEZ LES FLAMBEURS, *n° 330*

CROCHET POUR CES DAMES, *n° 442*

À TOI DE DONNER, *n° 481*

ARRÊTEZ LE MASSACRE ! *n°530*

DU BROMURE POUR LES GAYES, *n° 727*

# SÉRIE NOIRE

*Dernières parutions :*

2066. — LE MANOIR DES IMMORTELLES . . . . . . . *Thierry Jonquet*
2067. — LES PUCES TUENT . . . . . . . . . . . . . . . *Marcia Muller*
2068. — UN CHAMP DE VICTIMES . . . . . . . . . . . *Collin Wilcox*
2069. — TOUTES LES ROSES SONT MORTELLES . . . *Loren D. Estleman*
2070. — LA POLICE DES POLICES . . . . . . . . . . . *Nat Hentoff*
2071. — TOUT NEW YORK EN OTAGE . . . . . . . . . *Walter Wager*
2072. — UN LINCEUL POUR LE VERSEAU . . . . . . *Max Allan Collins*
2073. — LE FACTEUR CRÉSUS . . . . . . . . . . . . . *E. V. Cunningham*
2074. — ON TUE ET TU PAIES . . . . . . . . . . . . . *Barbara Paul*
2075. — PUNCH AU SANG . . . . . . . . . . . . . . . . *Christian Poslaniec*
2076. — UN TROP BEL INNOCENT . . . . . . . . . . . *John Lutz*
2077. — SOUS LE SCEAU DU PHÉNIX . . . . . . . . . *Mickey Friedman*
2078. — LES PAUPIÈRES LOURDES . . . . . . . . . . *Barbara Paul*
2079. — SQUARE DU CONGO . . . . . . . . . . . . . . *Marie & Joseph*
2080. — UNE CHOUETTE FAMILLE . . . . . . . . . . *Doug Hornig*
2081. — LA GUERRE N'EST JAMAIS FINIE . . . . . . *Teri White*
2082. — AIX ABRUPTO . . . . . . . . . . . . . . . . . . *Jean-Paul Demure*
2083. — L'HOMME TRANQUILLE EN PÉTARD . . . . *Stuart M. Kaminsky*
2084. — LA MOUCHE ET L'ARAIGNÉE . . . . . . . . *Franck Parrish*
2085. — LA FÉE CARABINE . . . . . . . . . . . . . . . *Daniel Pennac*
2086. — UN COUP AU CŒUR . . . . . . . . . . . . . . *Hansjörg Martin*
2087. — LE PORTRAIT DE L'ARTISTE EN TUEUR . . *Barbara Paul*
2088. — VOUS PARLEZ D'UNE RIGOLADE . . . . . . *Earl W. Emerson*
2089. — JOUJOUX SUR LE CAILLOU . . . . . . . . . . *A.D.G.*
2090. — LE JONGLEUR . . . . . . . . . . . . . . . . . . *Ian Kennedy Martin*
2091. — CONEY ISLAND CASINO . . . . . . . . . . . . *Robert B. Gillespie*
2092. — LA CHAIR ET LE POGNON . . . . . . . . . . . *Robert B. Parker*
2093. — LE ROI, SA FEMME ET LE PETIT PRINCE . . *Marc Villard*
2094. — LES TRUANDS DU TEMPLE . . . . . . . . . . *Julius A. Lion*
2095. — MASSACRES THAÏLANDAIS . . . . . . . . . *Tony Kenrick*
2096. — FAÎTES VOS JEUX . . . . . . . . . . . . . . . *Loren D. Estleman*
2097. — QUEL SAC D'EMBROUILLES . . . . . . . . . *Marvin Albert*
2098. — L'HOMME À L'OREILLE CROQUÉE . . . . . *Jean-Bernard Pouy*
2099. — FAUT PAS POUSSER . . . . . . . . . . . . . . *Bill Pronzini*

*Impression Bussière à Saint-Amand (Cher),*
*le 22 avril 1987.*
*Dépôt légal : avril 1987.*
*1^er^ dépôt légal dans la collection : février 1956.*
*Numéro d'imprimeur : 890.*
ISBN 2-07-047295-7. / Imprimé en France.

40621